KB021779

엄마부터 인문독서

엄마부터 인문독서

박미선

뱅크북

들어가는 글

아들 둘 엄마가 되고, 책을 읽기 시작했습니다. 누구도 알아주지 않는 내 마음, 책이 달래주었습니다.

'다 괜찮다. 다 알고 있다.'

아이 둘을 데리고 긴 터널 속에서 헤매고 있었습니다. 빛은 보이지 않았고, 답을 찾지 못했습니다. 남편도 엄마도 내 마음을 몰랐습니다. 그때 동네 서점에서 법륜 스님의 '스님의 주례사'를 찾았습니다. 다 내 이야기 같아서 울었고, 아픈 사람들의 이야기에 또 울었습니다. 어떻게 된 일인지 괜찮아졌습니다. 지금 부딪친 문제를 조금 떨어져서 보게 되었습니다. 절망 같았던 시간 속에서 한 발 걸어 나왔습니다.

둘째 아이를 낳고, 얼마 지나지 않아서 몸이 아팠습니다. 평소

피곤함을 자주 느끼고, 입 안이 허는 입병을 달고 살았습니다. 손목이랑 무릎도 아프기 시작했습니다. 정형외과를 찾아다녔지만 차도가 없었습니다. 한의원에서 뜸이랑 침도 맞아보았습니다. 무릎 통증으로 앉았다 일어나는 것도 힘들었습니다. 손목이 아파 숟가락도 들기 힘들고, 양치질도 어려웠습니다. 하루 종일 자고 일어나면 조금 낳아졌습니다. 가까운 대학병원에서 검사를 했지만 병명을 찾아내지 못했습니다.

'이렇게 평생 아플 수도 있겠구나.'
'어쩌면 죽을 수도 있겠구나.'

한동안 그렇게 방법들을 찾다, 부산백병원에서 '류마티스 관절염'을 진단 받았습니다. 병명만 찾아도 기뻤습니다. 평생 약을 먹어야 한다지만, 아프지 않고 살 수 있다는 것에 감사했습니다. 30대 초, 류마티스 관절염 환자가 되어 아이 둘과 함께 인생의 한 가운데 서 있었습니다. 컨디션이 좋은 날에는 오버하는 엄마가 되었습니다. 깔깔거리며 웃었고, 아이들에게도 허용적인 엄마였습니다. 또 다른 날은 날카롭고 예민한 엄마가 되었습니다. 일관성 없는 엄마, 정말 그러면 안 되는 엄마였습니다.

처음 책은 아무도 모르는 마음을 알아주는 통로였습니다. 그렇게 읽으며 좋은 엄마, 좋은 사람이 되고 싶었습니다. 책 속의 한 줄로 오늘 하루를 바꿔봤습니다. 달라지기 시작했습니다. 책을 통해 세상을 보는 눈이 달라지기 시작했습니다. 세상에 감사함을, 어떤 것도 긍정하는 마음을 발견했습니다. 내가 바뀌자 다른 것들도 바뀌기 시작했습니다. 아이들도, 남편도, 만나는 사람들도 달라졌습니다.

엄마의 혼자 책읽기는 독서모임에서 날개를 달았습니다. 책을 가지고 만나는 사람들의 모임, 독서모임이었습니다.

'이런 곳이 있었다니, 왜 이제 찾았지?'

처음에서 독서모임에서 선정된 도서를 빼놓지 않고 읽기를 목표로 삼았습니다. 모임에 참가 하려면 책을 읽어야 했고, 재독을 하면서 이야기할 포인트를 찾아야 했습니다. 독서모임은 깊이 읽는 독서, 목적 있는 독서를 배우게 했습니다. 사람들과 각자의 본깨적 (본 것, 깨달은 것, 적용할 것)을 나누며 한 권의 책은 여러 권의 책으로 펼쳐졌습니다. 토요일 그 새벽시간이 얼마나 설레었는지 모릅니다. 일 년을 꼬박 결석 없이 다녔습니다. 그 자리에 앉아 있다는 것 자체가 스스로를 사랑하는 시간이었습니다.

"엄마 책 다 읽었어?"
"아니, 아직 못 읽었어. 남은 거 열심히 읽어야 돼."

아이들은 엄마가 토요일 아침 독서 모임에 가는 책의 진도를 물었습니다. 아이들과 남편의 특별한 지지는 그랬습니다. 무슨 책을 읽는지 물어봐 주었습니다. 이번 주는 모임이 있는 주인지 물어보고, 새벽시간 깨워 주었습니다. 아이들은 토요일 오전 시간을 엄마에게 온전히 양보했습니다. 남자 셋이 아침을 챙겨먹고, 각자의 일과를 해주었습니다. 그것보다 큰 지지는 없을 것입니다. 감사함과 고마움이 저절로 생겼습니다.

'나한테 이런 시간을 줘서 고마워. 내가 없이도 자기 일들을 잘 해줘서 감사해,'

전체 독서모임 일 년 후, 소모임 철학독서모임으로 철학서를 읽었습니다. 세상은 이정표처럼 사람들을 보내주었습니다. 혼자 읽는 철학서와 함께 읽는 철학서는 다른 차원이었습니다. 어려움에도 읽어 낼 수 있는 힘을 주었고, 모름에도 나아갈 수 있는 용기를 주었습니다. 그리스로마 신화와 일리아스, 오디세이아에 태초의 자기계발서가 들어있었습니다. 플라톤의 국가와 아리스토텔레스의 윤리학에서 변하지 않는 진리를 찾았습니다.

책은 엄마가 읽는 것, 시작은 그랬습니다. 언젠가 아이들도 책을 읽게 되겠지, 엄마의 바램입니다. 책 읽는 아이를 위해, 엄마부터 책을 읽었습니다. 엄마의 변화와 성장을 보여주는 것을 선택했습니다. 인생은 뿌린 대로 거두는 것, 공짜는 없다는 것, 진짜만이 통한다는 것을 알았기 때문입니다.

"책 출판하려면 돈은 얼마 드는데?"

"엄마, 진짜 책 맞아? 서점에도 파는 거야?"

책을 쓴다고 하니, 남편과 아이들의 첫 반응이었습니다. 책을 쓰겠다고 선전포고를 하니, 그것까지는 예상하지 못했다는 반응이었습니다. 남편은 당장 돈이 얼마나 드는지부터 물었고, 아이들은 진짜 책이 맞는지 확인했습니다.

"책 내는데 돈이 왜 들어."

그렇게 엄마의 책 쓰기는 시작되었습니다. 마흔 두 살의 엄마는 스물세 살로 돌아갔습니다. 이십년의 삶을 돌아보았습니다. 울고 웃었던 기억들이 떠오르고, 거침없이 글을 썼습니다. 이 글들이 책이 될 수 있을까? 의심하지 않고 그냥 썼습니다. 쓰면서 과거를 만났고, 지금 현재의 시점에서 이름 지어주었습니다.

쓴다는 것은 다른 해석이었습니다. 그때의 감정들을 객관적으로 들여다보았습니다. 과거의 찰나들이 지금 여기로 왔습니다. 시간이 지났을 뿐, 기억은 그대로 소환할 수 있었습니다. 아직 아물지 않았던 상처를 보았습니다. 글을 쓴다는 것이 누군가에게는 치유가 된다는 것의 의미를 알게 되었습니다. 더 이상 과거의 상처에 머물러 있지 않았습니다. 알아차림으로 이겨내고, 그곳에서 한발씩 걸어 나오고 있었습니다.

연년생 아들 중 큰 아이가 중학교에 입학 했습니다. 아이들과 함께 엄마공부도 딱 초등학교를 졸업합니다. 엄마의 오랜 방황과 좌절 끝에 희망이 되었던 것은 책이었습니다. 엄마 독서, 엄마의 인문 독서로 초등학교를 졸업합니다. 그 과정에서 만났던 스승 같은 책들이 있었습니다.

차례

제5장 엄마는 책으로 성장한다

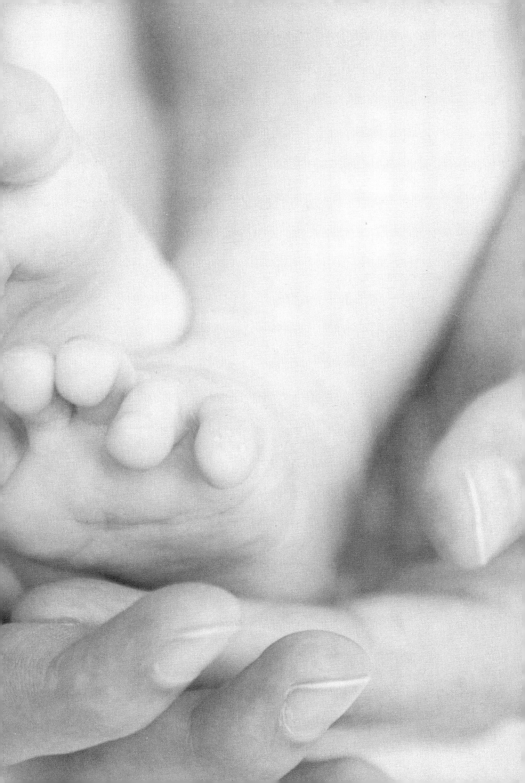

제1장

엄마의 삶이란

1. 마음먹은 대로

2002년 대한민국이 월드컵 4강 신화를 이루던 그 시절, 인생의 이 막을 시작했습니다. 9월 2학기 개강과 동시에 조기 취업으로 거제로 가는 버스를 탔습니다. 부모님과 형제들을 떠나 처음으로 세상에 발을 내딛는 순간이었습니다. 4학년 9월의 대학 캠퍼스의 시간은 느리고도 따분했습니다. 3년 동안 매 학기마다 듣는 전공 교수님들의 수업도 마찬가지였지요. 4학년 1학기를 마치고 나니, 학교는 더 이상 어떤 설렘도 없는 곳이 되었습니다.

개강과 동시에 조기 취업을 선택 했습니다. 선생님이라는 꿈이 실현되는, 사회생활에 대한 기대로 가득 차 있었습니다. 교사인 건비가 지원되는 국공립 시설을 우선으로 찾았습니다. 자라고 배운 고향인 진주는 교육도시입니다. 원하는 유형의 어린이집은 쉽게 나오지 않았습니다. 거리가 멀더라도 국공립어린이집을 선택했고, 두 번째 고향이 된 거제도로 가게 되었습니다.

부모님과 면접을 보러 같이 내려갔습니다. 고모가 살고 계신다는 정도의 친근함만 있는 낯선 곳이었습니다. 영아전담 어린이집인 그 곳엔 두 개의 원을 원영하고 계셨습니다. 급하게 교사를 구하셔야 했던, 원장님은 어린이집에서 숙식을 제공해 주셨습니다. 원하는 조건인 어린이집이고, 집을 따로 구하지 않아도 된다는 것만으로 선택했습니다. 다른 것들은 생각하지 않았습니다.

캐리어 하나에 옷가지만 달랑 넣어, 여행을 가듯 집을 떠났습니다. 두려움보다는 새로운 삶에 대한 설렘이 더 많았습니다. 나중에 들은 이야기지만, 엄마는 그날 저를 보내고 밤새 울었다고 했습니다. 스물네 살, 딸은 엄마의 마음을 알기엔 어리고도 어렸습니다.

아이들과 하루를 보내는 시간은 정말 눈 깜짝 할 사이에 지나갔습니다. 8시 출근을 시작으로, 아이들이 등원을 하면서 하루가 시작 됩니다. 하루일과표 대로 같은 일상이 반복되었습니다. 10시면 오전 간식을 먹고, 계획된 활동을 했습니다. 바깥놀이를 다녀오고, 점심을 먹습니다. 오후에는 낮잠 시간을 지나면 하원을 합니다. 청소를 하고, 다음날 수업준비와 서류를 챙기면, 하루일과는 끝이 납니다.

같이 간식 먹고, 노래 부르고, 산책하는 하루가, 아이들과 저의 일상이자 하루였습니다. 선생님이 된다는 것은 그렇게 어렵지 않았습니다. 아이들과의 수업이 재미있었고, 아이들이 예뻤습니다. 한 주, 한 달은 금방 지났습니다. 첫 월급, 대학 4년 동안 투자한 대가는 달콤했습니다. 첫 해 월급은 제 용돈을 제외하고 부모님께 드렸습니다.

매달 부모님께 용돈을 드리는 그 기분은, 당당한 성인으로 성장한 저를 인정받는 듯 기뻤습니다. 하고 싶은 일을 하고, 돈을 벌고, 또 쓰고 싶은데 쓸 수 있는 생활이 시작된 것입니다. 다들 잘 아시겠지만, 참 좋은 시절이었지요.

어린이집 취업과 낯선 도시에서의 생활은 마음먹은 대로 되었던 첫 번째 사건이었습니다. 하루하루 일에 열심히 일했고, 원장님께도 감사했습니다. 졸업예정자를 반신반의 하며 받아주셨겠지요. 그 곳에 근무하면서, 남편을 만났습니다. 남편은 친구 소개로 만났고, 통영에서 출퇴근하는 시청공무원이었습니다.

"엄마, 60점짜리야."

다 좋은 사람이 어디 있겠습니까? 제 기준에 50점 이상 되는 사람도 만나기 어려웠습니다. 내가 생각하는 남자의 기준, 합격점을 넘겼다는 이유로 선택했습니다. 평생 출퇴근하는 직장을 가지지 못한 아버지를 보며 자랐습니다.

"매달 월급봉투 가져다주는 여자들은 얼마나 좋을까?"

엄마의 말을 듣고 자랐고, 저 역시 안정적인 직장을 가진 남자를 일순위로 꼽았습니다. 지금 생각하니, 하늘이 정해준 운명의 실은 이미 이어져 있었나봅니다. 마음먹은 대로 되었던 두 번째 사건입니다.

결혼날짜를 잡고, 신혼집을 구하게 되었습니다. 어린이집에서의 생활은 그렇게 마지막 되었습니다. 결혼을 해도 일상은 크게 변하지 않았습니다. 같이 출근하고, 퇴근해서 우리의 집으로 돌아왔습니다. 첫아이는 결혼 일주년이 되는 다음해 1월에 태어났고, 연년생으로 다음해 둘째 아이가 태어났습니다.

그때만 해도 육아휴직을 주는 것이 당연하지 않았습니다. 아이를 가지면 일은 그만두는 것이 당연할 때였지요. 첫째를 낳고 3개월째쯤 육아 우울증 증세가 생길 때쯤, 원장님께 전화가 왔습니다. 일하러 오지 않겠냐고. 전화를 받고 반나절 만에, 일을 선택했습니다. 집에서 갓난아이를 혼자 키운다는 건, 결코 쉬운 일이 아니었습니다. 일을 한다는 것은 육아를 회피하는 하나의 방법이었습니다.

운명처럼 시작된 교사생활은 10년을 넘어, 저를 소개하는 또 하나의 이름이 되었습니다. 결혼을 하고 아이 둘을 낳고 키우면서도, 우리 아이는 어린이집에 맡기고 저는 어린이집으로 출근하는 생활을 했습니다. 큰 아이가 초등학교에 입학할 무렵에 어린이집을 개원하게 되었습니다. 교사 생활의 경험과 또 나름의 철학을 가지고 '놀면서 자라는 행복한 아이들'을 꿈꾸며 내 목표를 향해 나아갔습니다.

원을 운영한다는 건 또 다른 경험이었습니다. 부모님들과의 상담, 교사와의 관계, 원아모집까지 모두 저의 역할들이었지요. 새로운 경험은 두려움과 동시에 즐거움도 주었습니다. 선생님들과 부모님께 '원장님'이라는 호칭으로 불리며, 앞만 보고 달리던 시절이었습니다.

어린이집은 직장이자, 제 삶의 전부였습니다. 그 속에서 제가 해야 할 일들을 하며, 의미 있는 인생을 산다고 생각하며 지냈습니다. 어린이집의 1년은 3월에 시작해서, 다음해 2월까지 똑같은 패턴으로 반복되는 생활이었습니다. 특별히 어려울 것이 없는 생활이었습니다. 10년 이상 하다 보니, 일에 대한 소신과 자신감이 생겼습니다. 전공을 살려 10년을 교사 생활을 하고, 원을 운영하는 것은 또 다른 로망이었겠지요. 어린이집을 개원한 젊은 원장님으로 인정받았습니다. 남들에게 보이는 저를 자랑스럽게 생각도 했습니다. 아이들을 위한 좋은 어린이집을 만들어가는 것이 꿈의 실현이기도 했지요. 세 번째 마음먹은 대로 되었던 사건입니다.

20대 꽃다운 청춘은 아름다웠습니다. 남들보다 먼저 일을 시작하고, 한 직장에서 인정받으며 지냈습니다. 즐겁게 일하고, 돈도 모았습니다. 주말이면 진주에 있는 친구들과 만나서 놀았습니다. 쇼핑도 하고, 영화도 보고, 친구가 최고일 때였습니다.

잘 어울려 지내던 멤버들 중 한 친구가 오래 만난 남자친구랑 결혼을 했습니다. 그 친구의 남편과 입사동기인 남자를 소개 받았습니다. 남편과 만남을 이어준 고마운 친구입니다. '60점짜리'라고 말하던 남자는 운명의 남편이었습니다. 아이들을 낳고 키우면서, 어린이집을 개원해 '원장님'이 되었습니다. 30대 중반, 앞만 보고 달려왔습니다.

2. 퇴근 후 우리 집은 전쟁터

스물여섯의 10월, 꽃처럼 예쁜 나이입니다. 세상에 나왔지만, 정해진 것이 무엇인지 몰랐습니다. 눈앞의 일도 상상할 수 없었습니다. 청춘은 그 자체로 예쁠 뿐, 모든 것이 미지수였습니다. 봄바람과는 또 다른 가을바람에 마음이 살랑살랑 거릴 때, 남편을 만났습니다. 부부의 인연은 억 겁의 연으로 이루어진다고 했던가요?

통영이 고향인 남편은 어촌 총각 같았습니다. 까만 피부에, 빼빼 마른 몸. 콩깍지가 쓰이면 보고 싶은 것 만 보게 되는지, 외모는 보이지 않았습니다. 선한 눈빛과 부드러운 목소리가 좋았습니다. 지금은 한번씩 '잘생겼다' 는 말도 듣습니다. 시간이 흘러 잘 생겨지기도 하나봅니다. 싫지 않다는 이유로 시작된 만남은, 편안함으로 이어졌습니다. 남편이 없는 모임에 가서, 어떤 상황에 저도 모르게 혼자 이렇게 말하고 있었습니다.

"재봉씨~ 있잖아요."

그 순간 알아차렸습니다. '나 지금 뭐라고 한 거야? 이건 뭐지? 생각보다 많이 좋아하는구나!'

'내 일상의 이야기를 이 사람과 나누고 싶어 하구나' 는 작지 않은 이유였습니다.

만난 지 일 년이 되었을 때, 결혼을 결정했습니다. 남자 하나 보고 결정한 운명이었습니다. 세트로 딸려오는 시댁은 누군가에게는 평생 극복해야 할 시련이라고 합니다. 남편은 막내였고, 어머니 아버님은 천성적으로 선하신 분들이셨습니다. 진심으로 아껴주셨습니다.

지금도 여전히 받고만 있는 철없는 막내며느리입니다. 남편은 선택하지 않은 로또 같은 사람이었습니다. 부족한 점을 채워주고, 맞춤형으로 신께서 선물로 정해 주신 단 한 사람이었습니다. 어느 강의에서 강사 분께서 질문을 하셨습니다. 지금까지 가장 잘한 일이, 결혼인 사람 손을 들어보라고 했습니다. 저도 모르게 손을 들었는데, 이유를 물으셨습니다.

"제에게 딱 맞는 사람인 것 같아서요."

강사님께서 남편분 'AI' 아니냐고 되물으셔서 같이 웃었던 기억이 납니다. 완벽했습니다. 드라마 코멘트 같지요. 아침에는 같이 출근을 했고, 먼저 퇴근 한 남편이 빨래를 개어놓고, 캔 맥주를 마시며 소파에 옆으로 누워 텔레비전을 보고 있었습니다. 개어 놓은 수건들이 반듯합니다. 텔레비전에 넋을 놓고 웃고 있는 모습이 좋습니다. 비밀번호를 누르고 들어갑니다.

"왔어~"

행복으로 들어가는 허니문의 한 장면입니다. 그 많은 신혼의 기억들 중, 왜 이렇듯 흔한 일상이 떠오르는지 모르겠네요. 우리만의 공간인 집을 가졌습니다. 둘만의 물건들이 있고, 신혼 사진들이 걸려있습니다. 어떤 특별한 날보다, 그 일상이 행복이었나 봅니다. 그 찰나의 행복을 붙잡았나 봅니다.

첫 아이는 기다림도 없이 찾아왔습니다. 꽃향기가 가득하고, 햇빛이 눈부신 오월이었습니다. 처음 경험하는 특별한 일이었습니다. 친정 가까이 있는 산부인과를 다녔습니다. 초음파 사진 속의 아이는 점처럼 보였습니다. 몇 주 사이 손톱만한 아이를 만났습니다. 엄마가 되기 위한 준비를 시작했습니다. 입덧도 없이 잘 먹어서 태명은 '묵도리'였습니다. 맛있고 영양가 있는 음식을 골고루 먹으려고 했습니다. 조금씩 불러오는 배는 아이의 성장을 말해주었습니다. 임신출산백과를 읽고, 아기 용품을 보러 다녔습니다. 첫 아이의 배냇저고리, 속싸개, 겉싸개들이 지금도 생생하게 기억이 납니다.

첫째를 낳고, 3개월 때 일을 다시 시작했습니다. 엄마의 육아는 계획적으로 되지 않았습니다. 첫째 아이 돌잔치 즈음에, 둘째 아이를 가졌습니다. 어차피 둘은 낳을 거라고 생각했기에 의무를 다하듯 아이를 낳았습니다. 둘째는 태어난 지 한 달 만에 출근을 했네요. 그때 알게 되었습니다. 집에서 하루 종일 우리 아이들과 있을 수 없다는 것을요. 커피 한잔 마실 여유도 없었고, 대화다운 말을 할 상대로 없었습니다.

'82년생 김지영'이 엄마가 되어 아이를 키우는 모습은 모두 비슷합니다. 자신은 어디에도 없고, '엄마'만 있었습니다. 아이가 생겨서 낳았고, 키우면 되는 줄 알았습니다. 남들이 다 하고, 누구나 다 하는 것이라고 생각했습니다. 자식에 대한 본능도 없는 것인지 자책했습니다.

육아를 회피하듯, 일을 했습니다. 생후 2년 영아기 아이의 부모와의 애착이 얼마나 중요한지 누구보다 잘 알았습니다. 모유 수유가 평생을 살아갈 아이에게 얼마나 중요한지 왜 몰랐겠습니다. 첫째 때는 일 년을 모유를 짜서 팩에 넣어 냉동보관하며 먹였습니다. 일을 하면서 수유기를 가지고 다녔습니다. 엄마가 할 수 있는 최선이었습니다.

영아기 시기 낮 시간은 어린이집에 보냈고, 집에 돌아온 시간에도 편안한 애착을 주는 엄마가 되지 못했습니다. 왜였을까요? 어린이집에서 교사가 되는 것과 내 아이를 키우는 것은 달랐습니다. 민낯이 철저히 드러나는 곳, 우리 집과 내 아이들 앞이었습니다. 직장에서 선생님이라는 가면을 쓰고 있을 때와는 다른 사람이었습니다. 어느 정도 키우고 나니, 조금씩 보이기 시작했습니다.

왜 가만히 못 있는지, 왜 하지 말라고 하는 것만 골라 하는지, 잠은 또 왜 그렇게 안 자는지……. 하나 같이 내 마음대로 되지 않았습니다. 모든 것이 엉망진창인 상황에, 엄마는 괴물이 되어 가고 있었습니다. 아이들은 그런 저를 아랑곳 하지 않고, 원하는 대로 해주지 않았습니다. 온갖 짜증과 화를 내품던 시절이었습니다. 그러다 잠이든 아이들을 보면서 지금 내가 무슨 짓을 한 것인지, 죄책감에 아팠습니다. 일상은 나아짐 없이 그런 반복된 생활이 이어졌습니다. 엄마가 되고, 엄마의 삶을 살아가는 데는 연습이 없었습니다. 그때 유일한 안식처는 친정엄마였습니다.

"지금 한참 힘들 때다, 어릴 때 다 그렇다, 애 키우는 거 쉬운 줄 알았나? 누구는 애를 못 가져서 난리를 친다. 애들이 건강하고 똑똑하니까 에너지가 넘쳐서 그런 거야. 무슨 엄마가 시도 때도 없이 울고 있노? 아이고."

내 마음 아무도 알아주지 않을 때, 속마음 다 털어놓을 수 있는 유일한 존재, 엄마였습니다. 그렇게 한참 동안 엄마는 육아의 과정에 버팀목이 되어 주었습니다. 힘들어 하는 딸을 위로하셨고, 타이르기도 하셨습니다. 유일한 제 편인 엄마만이 힘든 마음을 들어 주는 사람이었습니다. 그렇게 위안 받으며, 그 시절을 보냈습니다.

퇴근 후 우리 집이 전쟁터가 되는 건 당연한 일이었는지 모릅니다. 아들이 둘이나 있는 집의 자연스러운 풍경을 제 입맛대로 맞추려고 했습니다. 상황을 제대로 이해하지 못했습니다. 아이들과 함께 하는 생활에 대해 생각하지 못했습니다. 내 생활에 어느 일부로만 여겼습니다. 결과는 어렵고 힘든 시련이 되었습니다. 생각하는 것 없이 되는대로 살았습니다. 그러니 '왜? 이건 뭐지?' 모든 게 틀어졌습니다. 준비가 되지 않은 엄마였습니다. 그 전쟁터가 웃음과 행복의 터인지 알지 못하고, 자신과 아이들을 전쟁터로 만들었습니다.

그때는 그 모든 것을 감당할 그릇의 엄마가 못되었습니다. 지금 다시 돌아갈 수 있다면 달라지겠지만, 그때의 저는 똑같을 것입니다. 제 2의 인생은 아이들과의 전쟁으로 시작했습니다.

3. 내 아이를 키운다는 것

결혼을 하고, 아이를 낳아 키우는 것은 당연한 일처럼 보였습니다. 결혼과 자녀가 선택이기도 하지만, 평범했던 저에게는 당연한 과정에 불과했습니다. 사랑하는 사람을 만나 결혼을 하고, 아이를 낳아 키우는 것. 겪어야 하는 인생의 과정이라고 생각했습니다. 결혼과 아이를 선택하는데 고민하지 않았습니다. 자연스럽게 찾아왔고, 받아드렸습니다.

첫 아이를 가지고, 행복했던 10개월을 기억합니다. 배 속에 또하나의 생명체가 생긴 경험은 엄마만이 알 수 있겠지요. 상상하지 못한 경험을 시작했습니다. 꼬물꼬물 태동이 느껴지고, 초음파 사진으로 보이는 얼굴은 또 얼마나 신기했는지 모릅니다. 출산관련 책을 보며 공부했습니다. 첫 한 달에 뭘 해야 하는지, 예방 접종 시기는 언제인지, 신체발달과정은 어떤 순서로 이루어지는지. 임산부 생활은 잘 먹고, 좋은 생각하고, 즐겁게 지내는 것으로 어려움이 없었습니다.

산부인과에서 맞춰준 예정일 하루 전날, 진통이 오기 시작했습니다. 배가 많이 아파서 못 참겠다 싶을 때 가야 하는 병원을, 경험 부족으로 일찍 갔습니다. 병원에서 진을 다 빼고 결국 제왕절개 수술로 아기를 낳았네요. 지금 생각해도 제 능력으로 아이를 낳는 것은 불가능해 보입니다. 삼신할머니의 손길이 오기 전까지 참는다는 건, 끝까지 해보지 않아 모르겠습니다. 두 번 다시, 없을 경험이었습니다.

건강하게 태어난 아기는 예뻤습니다. 평생 여자로 살아온 몸에서, 고추를 단 남자 아이가 나오다니. 미리 아들이라는 걸 알고 있었지만, 그 첫 느낌은 또 신기했습니다. 아이를 낳은 초보 엄마는 진통제 링거를 달고, 환자복을 입고 있었네요. 드라마나 영화처럼 멀쩡한 모습이 아니었습니다. 제대로 걷지도 못하고, 온몸은 퉁퉁 부어서 아기 몸무게도 안 빠진 몸무게 그대로였지요. 정말 환자였습니다. 초유를 먹이려고 어색한 자세로 젖을 먹였습니다. 쪽쪽 젖을 먹는 아이는 세상에 둘도 없는 아기였습니다.

엄마가 된다는 건, 걸음마를 배우는 아이처럼 서툴렀습니다. 자기 몸 하나 간수하기 힘든, 보호받아야 할 존재였지요. 아기와 함께 집에 왔습니다. 아기를 방에 눕혀 놓으니, 그 전의 공간이 아니었습니다. 아이가 자리한 곳은 빛나고 있었습니다. 잘 먹고, 잘 자고 천사가 오셨지요. 매일 조금씩 꿈틀꿈틀 자라는 모습을 본다는 건 기쁨 그 자체였습니다. 그런데 제 모습은 마음에 들지 않았습니다.

아침에 일어나면 당연히 하는 세수를 잊어버렸고, 수유복은 일 상복이 되었습니다. 아이와 지내다 보면 하루가 오전, 오후도 없 었습니다. 엄마의 하루는 더 이상 24시간이 아니었습니다. 해가 질 무렵이면, 아파트 베란다에 서서 밖을 바라보았습니다. 집에 올 사람은 남편뿐이지만, 귀가시간은 늦었습니다.

'이게 뭐지? 애는 같이 낳았는데, 나만 왜 이러고 있어야 하지?'

내가 낳은 아이를 키우며, 그 차제를 즐길 수 없었습니다. 외로 움과의 싸움이었습니다. 그 원망은 멀쩡한 남편에게 향했습니 다.

'왜 당신은 멀쩡한데.'
딱 이거였습니다. 아이를 키우는 엄마의 모습은 전혀 예상하지 못한 모습이었습니다. 계획에 없던 상황이랄까요.

이런 상황을 조금이라도 예상했더라면, 그만큼 힘들지는 않았 을까요? 아이와 함께 펼쳐진 상황은 극복하고 넘어서야 할 시련 이 되었습니다. 핵가족 사회, 혼자 아이를 키워야 하는 사회적 시스템이 만들어낸 시련이었습니다. 집에서 아이를 키우는 엄 마들은, 뼈 속 깊은 모성본능의 유전자가 있습니다. 저한테는 모성본능보다 생존본능이 강했습니다. 이렇게 살 수 없다는 절박함이었습니다.

일이 하고 싶어서라던가, 자아실현을 위한 거창한 목표가 아니었습니다. 독박육아에서 벗어나는 길, 끝이 보이지 않은 외로움에서 벗어나는 길이 일이었습니다. 아이들은 나보다 우선 되는 그 무엇이었습니다. 아이들을 키우면서 엄마도 아이 나이가 되어, 같이 크고 있었습니다. 새로운 나를 발견하고, 내면을 들여다보게 했습니다. 제 안에 있는, 모르고 있던 것들이 수면 위로 하나 둘 올라오고 있었습니다. 사랑이라는 가치에 대해 진진하게 생각해 보았습니다.

'엄마의 사랑은 무엇일까?'
'부모와 자녀의 관계는 어떤 것일까?'
'잘 산다는 것은 또 어떤 것일까?'

아이들을 키우면서 이런 고민들을 해왔습니다. 생각하고 계획한대로 되지 않았기 때문입니다. 지금까지는 '나' 중심적으로 살아도 아무런 문제가 없었습니다. 세상에 당당했고, 아쉬울 것도 없었습니다. 인생을 다 아는 것처럼 자만했습니다. 지금부터 제대로 된 인생 공부의 시작임을 몰랐습니다. 내 아이를 키운다는 것은, 지금까지 겪었던 모든 것을 넘어서는 일이었습니다. 부모는 자기 아이에 대한 작은 칭찬에도 웃게 됩니다. 반대로 작은 비난에도 가슴을 쓸어내립니다. 아이에 대한 것만은 모든 부모의 '아킬레스건'일 수밖에 없습니다. 자식을 두고 객관적이고 논리적일 수 있다는 건, 자식이 아니라는 말과 같습니다.

어떤 것보다도 아이들은 부모를 변화시킵니다. 인생 공부를 제대로 시켜주는 존재들입니다. 부모이기 전에는 어떤 것도 허용되던 세상이, 부모가 되고 부터는 달라졌습니다. 세상에 혼자서만 잘 날 수 없다는 것, 나와 다른 것들에 대한 이해, 세상의 진리에 대해 배우게 했습니다. 그 진리는 사랑이고, 이해이며, 관계였습니다.

4. 연년생 아들의 공격

신은 감당할 수 있는 만큼의 시련만 준다고 했나요? 두 아들의
엄마는 순식간에 되었습니다. 무엇보다 건강하고 씩씩하고, 똑
똑한 아이들이었습니다. 축복과도 같은 감사함은 매일 부딪치
는 일상 속에 보이지 않았습니다. 에너지 넘치는 아이들은 힘겨
웠고, 감당하기 어려웠습니다. 한 순간도 가만히 있지 못하고,
온 집 안을 난장판을 만들어 놓았습니다. 참 당연한 것을 그때
는 이해하지 못했습니다. 조금의 여유도 없이 허둥대기만 했습
니다. 공주 같은 엄마는 차려진 밥상만 먹던 사람이었습니다. 나
아닌 누군가를 위해 무엇인가를 한다는 건 희생이 필요했습니
다. 조건 없이, 이유 없는 당연함에도, 갈등을 겪어야 했습니다.

큰 아이가 20개월 때 작은 아이가 태어났습니다. 작은 아이가
태어나면서, 큰아이는 아빠가 주로 돌보게 되었습니다. 20개월
먼저 태어났다고 다 큰 아이처럼 대했습니다. 큰 아이를 챙겨주

고 보살펴 주는 것에 소홀했습니다. 첫째는 걷기가 뛰기가 되어, 에너지가 넘쳐날 때였습니다. 아직 엄마의 손길이 필요한 아이 였습니다. 그렇다고 그 전에 오롯이 첫째에게 전염하지도 못했 습니다. 형제를 연년생으로 낳은 것이 그렇게 힘들 줄 몰랐습니 다. 엄마가 힘든 만큼, 큰 아이와는 거리가 생겼습니다.

처음 엄마가 되어, 첫째 아이는 모든 것이 시행착오였습니다. 큰 아이는 과도한 행동으로 자신을 어필 했습니다. 그때는 왜 이렇 게 말을 안 듣고, 엄마를 힘들게 하는지 몰랐습니다. 힘들게 한 다고만 생각했지, 아이의 마음을 이해하지 못했습니다. 아이의 마음을 알기에는 부족한 엄마였습니다. 오롯이 사랑만으로 보 지 못했습니다.

육아도 그 속에 있을 때는 허우적거리며 정확히 보지 못합니다. 지금은 어느 정도 거리를 두고, 그때 저와 비슷한 엄마들을 보면 예사롭게 보이지 않습니다. 아이의 작은 행동 하나에 예민하고, 내가 잘 키우고 있는지 불안했습니다. 허둥대는 부모지만 아이 들은 계속 자랐습니다.

둘째 아이가 돌쯤 무렵, 제 2의 고향인 거제도를 떠나게 되었습 니다. 시청에 근무하던 남편이 경남도전입 시험을 쳤는데, 합격 을 했습니다. 예상하지 못했던 미래가 펼쳐지고 있었습니다. 첫 직장의 어린이집에서 월급 원장을 하며 지내고 있었습니다. 남 편의 상황 때문에, 지금까지 쌓은 모든 것을 두고, 낯선 곳으로 가야한다고 생각했습니다. 저의 의지와는 상관없었습니다. 이 상황을 만든 남편이 원망스러웠습니다. 곧 알게 되었습니다. 남편의 상황이 저의 상황과 다르지 않다는 것을요. 그 일은 각자의 일이 아니라, 우리의 일이었습니다.

'결혼을 하니, 당신 일이 내 일이구나.'
이 당연한 것도 경험으로 알게 되었습니다.

30개월 첫째와 돌쟁이 둘째와 함께, 낯선 곳에서 새로운 생활을 시작했습니다. 세상 한 가운데 꼬맹이 둘 한 손씩 잡고, 덩그러니 서 있는 엄마였습니다. 아는 사람이라고 하나 없는 곳에서, 엄마의 육아는 막막했습니다. 아이들을 어린이집에 보내고, 직장을 구했습니다. 일을 하면서 낮 시간 동안은 육아에서 벗어날 수 있었습니다. 도피 형으로 시작한 것은, 어디서든 구멍이 생기기 마련입니다. 퇴근 후 어린이집에서 돌아온 아이들은, 에너지가 넘쳤습니다. 서툰 엄마는 자기 몸 하나 관리하기 힘들어, 집에 오면 녹초가 되었습니다.

"누가 일 하라고 했어? 집에서 쉬면서 애들 보면 되잖아"

지금은 그렇게 할 수 있을 것 같습니다. 하지만 그때는 이러지도, 저러지도 못했습니다. 일을 하지 않고, 집에 있으면 우울증이 걸릴 것 같고, 일을 하면 체력적으로 힘들어서 애들은 봐주지 못했습니다. 결국 피하려고 하면 아무것도 해결되지 않았습니다. 그때는 그게 최선이었습니다.

형제가 생기면서 큰 아이와 관계, 작은 아이의 관계가 따로 있다는 것을 알게 되었습니다. 형제가 있다는 것은 두 배로 힘든 게 아니라, 백 배 힘든 것이었습니다. 첫째 아이에게 충분한 사랑을 주지 못한 채, 동생이 태어났습니다. 엄마의 육아는 아이들의 눈에 맞춰져 있지 않았습니다. 허둥대는 엄마에게 맞춰져 있었습니다. 첫째 아이는 동생을 괴롭혔습니다. 엄마를 동생에게 빼앗긴 보복일 수도 있고, 엄마의 관심을 사기 위한 방법일 수도 있었을 것입니다. 그때는 원인을 알아채지 못했습니다.

'왜? 이유가 뭐지? 뭐가 문제야?'

아이의 마음을 알려고 하기보다, 겉으로 드러나는 것만 보았습니다. 그러니 해결이 될 리가 없었지요.

"동생 괴롭히면 안 돼. 동생은 아기니까 돌봐줘야지."

알아듣지도 못하는 말만 하고 있었습니다. 나름 여러 방법을 써본다고 야단치고, 혼을 내기도 했습니다. 첫째도 아기이기는 마찬가지였는데 말입니다. 주말이면 친정으로 매주 가다시피 했습니다. 아이들도 봐주시고, 밥도 챙겨주셨습니다. 주말도 아이들과 놀아주고, 집안일과 밥을 챙겨 먹는 것은 노동이었습니다. 휴식도 없고, 퇴근도 없는 업무였지요. 아이들이 어릴 때는 친정

엄마의 도움이 중요했습니다. 엄마도 엄마에게 위로 받고 오는 시간이었습니다. 딸은 참 이기적이게도 아이들이 스스로 놀기 시작하면서부터는 친정에 자주 가지 않게 되었습니다. 한편으로는 엄마로부터 진정한 독립이었습니다. 죄송한 마음과 고마운 마음이 항상 있습니다.

육아는 체력으로 한다는 말이 있습니다. 체력적인 부담이 정신적 문제까지 더해 갔습니다. 아이들을 대하는 양육방식에 일관성도 없었습니다. 엄마의 기분과 컨디션이 우선이 된 양육이었습니다. 아이들의 눈을 보지 못했고, 작은 행동 하나에도 너그럽지 못했습니다. 아등바등 조바심을 가지고 아이들을 봤습니다. 얼마나 예쁜 시절인데, 다시 돌아가서 안아주고 싶은 아이가 마음에 남아 있습니다.

5. 나도 모르는 나

아이들은 겉으로 드러나지 않았던 감정들을 건드렸습니다. 걷잡을 수 없이 휘둘렸습니다. 작은 실수 하나에도 화가 올라왔습니다. 생각대로 되지 않는 것을 인정하지 못했습니다.

'도대체 왜 그래?'

아이들의 행동을 이해하지 못했습니다. 엄마의 머릿속 계산대로 되지 않았습니다. 쉽게 척척 되는 건 하나도 없었습니다. 하나를 넘기면, 또 하나가 튀어 나왔습니다. 문제는 해결되지 않았고, 방황의 육아는 계속 되었습니다.

일남 삼녀 중에 첫째 딸로 태어났습니다. 어릴 때부터 나이보다 어른스럽다는 말을 듣고 자랐습니다. 친구를 만나도 오랫동안 만났습니다. 직장에서도 학부모님들과의 대면이 어렵지 않았습니다. '인상 참 좋다' 라는 말을 첫인사로 듣는 것이 익숙했습니다. 잘 웃고, 밝고, 쾌활한 성격이라 생각했습니다. 아이를 낳으면, 어린이집에서 경험으로 남들보다 잘 키우리라 자신했습니다.

아이 둘을 낳고 키우면서 '엄마가 된다는 것이 뭘까?' 를 생각했습니다. 엄마가 된다는 것은 몰랐던 저를 만나는 시간이었습니다. 아이들이 거울이 되어, 비쳐주었습니다. 두려움과 공포, 화를 꺼내 보여주었습니다. 아이들이 비춰주는 거울을 피하고, 거부했습니다. '저건 내가 아니야' 인정하고 싶지 않았습니다.

첫째 아이는 백일 때쯤, 하루 이틀 용을 쓰더니 뒤집기를 했습니다. 뒤집기에 성공하자, 기는 동작을 생략하고 잡고 서기를 했습니다. 흔들거리면서도 잡고 서고, 잡고 걸었습니다. 돌잔치 때는 뛰어다녔습니다. 건강하고, 에너지가 넘치는 아이였습니다. 눈만 뜨면 한시도 가만히 있지 않았습니다. 둘째 아이도 남자 아이였지만, 첫째와 성향은 달랐습니다. 천천히 하나씩 자랐고, 온순했습니다. 초보 엄마는 몸도 마음도 초보였습니다. 체력도 바닥이고, 마음의 여유도 없었습니다. 까불고, 장난치고 노는 것들이 세상을 배우는 모습이었지만, 그때는 힘들게만 느껴졌습니다.

힘들고 지친 육아를 하면서, 남편은 좋은 조력자였습니다. 주체가 아닌 보조로써. 조금 더 도와주지 않았냐는 아쉬움도 있습니다. 그럼에도 숨통을 쉬게 해준 것에 감사한 마음도 있습니다.

아이들과 다 같이 나가서 놀다 들어오면, 또 녹초가 되었습니다. 아빠와 아이들만 놀다오는 시간만큼은, 엄마의 휴식시간이 되었습니다. 주말이면 아이들을 데리고 나가서, 두 세 시간씩 놀다 들어오곤 했습니다. 놀이터에 가기도 하고, 산에도 갔습니다. 집을 정리하고, 잠시나마 혼자 있는 시간은 꼭 필요했습니다. 그것마저도 잠깐의 휴식은 달콤했지만, 아쉬움이 남았습니다.

'아이들이랑 같이 나가서 놀면, 더 좋을 텐데.'

저질 체력이 원망스럽고, 이것밖에 안 되는 엄마라 속상했습니다. 더 잘 하고 싶은, 이상적인 엄마의 모습과는 거리가 멀었습니다. 누가 말하지 않아도, 스스로 느끼는 죄책감도 힘든 육아에 한 몫을 했습니다. 현실과 이상의 갈등이었습니다.

아이들이 한참 자랄 시기, 남편 역시 직장에서 한참 일할 때였습니다. 남들은 공무원이면 칼 퇴근 한다고 말하기도 하지만, 그렇지도 않았습니다. 평소 귀가 시간은 8시가 넘었고, 일주일에 한 두 번은 10시를 넘겨 귀가했습니다. 남편도 자기 일이 우선 순위였을 때입니다. 아이는 엄마가 키우는 게 당연하다고 생각했겠지요. 일찍 들어오라고 말하는 것을, 우선으로 여기지는 않았습니다.

퇴근하고 애들 저녁먹이고, 씻기고 하다보면 8시를 넘어갑니다. 지원군이 와 줬으면 하고 기다립니다. 그 기다림은 저의 기대였고, 기대가 어긋났을 때 화가 났습니다. 아이들은 더 놀자고 달려들었습니다. 엄마는 쉬어야 했습니다. 집에 들어오지 않는 남편도 신경이 쓰였습니다. 집에 와서 애들을 딱히 봐주지 않아도, 안정감을 얻었습니다.

아이들은 싸우고, 울기를 반복했습니다. 남편은 들어오지도 않고, 요즘말로 '멘붕'이었던 시절입니다. 아이들은 지쳐서 잠들고, 엄마도 스스로 제어할 한계를 넘어갔습니다. 일찍 귀가하는 남편과 아이들과의 즐거운 시간, 행복한 육아와 현실육아의 차이가, 힘들게 했습니다.

늦은 들어온 남편에게 얼마나 힘든지를 울며불며 화를 냈습니다. 때로는 하소연하듯, 또 때로는 공격적으로. 결론은 아무 소용없더라고요. 남편은 자기 나름의 최선을 다하고 있었습니다. 알아주는 사람은 아무도 없었습니다. 아이들을 혼내고, 화내는 자신이 싫었습니다. 그런 일상의 반복이었습니다.

'나 어떻게 해야 해?'
'나 이렇게 살고 싶지 않아'

간절한 바람이었습니다. 육아에도 함께 할 동료가 필요했습니다. '핵'보다 무섭다는 핵가족의 틀 안에서 엄마는 외로움과 두려움을 이겨내는 시련을 겪어야 했습니다. 자신의 살을 깎아 먹는 과정의 연속을 깨 부셔야 했습니다. 아이를 보는 따뜻한 눈

이 필요했습니다. 세상을 대하는 자세와 엄마의 자존감이 필요
했습니다. 하루아침에 되지는 않았습니다. 부딪치고, 아프면서
깨닫게 되는 것들이었습니다. 매일 새로운 마음으로 다시 태어
나야 했습니다. 두려움, 공격성, 화를 바라보았습니다. 그것들을
하나씩 인정해야 했습니다.

6. 엄마가 되기 전에는 아무것도 아니다

엄마가 된다는 것은 차원이 다른 세계였습니다. 새로운 세상으로 들어가는 것, 엄마가 되는 것이었습니다. 엄마라는 이름이 갖는 세상은 나보다 우선인 그 무엇이 생기는 것이었습니다. 나 아닌, 다른 사람을 보게 했습니다.

엄마가 됨과 동시에, 조리원 동기모임이 생깁니다. 친구들을 찾아 문화센터를 찾아다닙니다. 어린이집 엄마들과 친구가 됩니다. 모든 생각이 내 아이 중심으로 바뀌는 경험을 했습니다. '엄마모드'를 장착하면 세상은 아이 중심으로 흘러갑니다. 아이는 저를 비추는 거울이었습니다. 엄마에게 기쁨과 슬픔, 분노와 두려움을 보여주었습니다. 필터 없이 정확하게 말입니다.

잠깐 계약직 교사로 있던 어린이집에 40대 후반의 원장님이 계셨습니다. 조금 다르다는 느낌을 받았습니다. 평범한 어린이집과는 분위기가 달랐습니다. 원장님과 교사들의 관계도 어색했습니다. 아이들을 대하는 모습도 낯설어 보였습니다. 한참 지난 뒤에 원장님께서 미혼이신걸 알았습니다.

'아하 진짜~. 그랬구나. 미혼이라면 그럴 수도 있겠다.'

성격이나 성향일수도 있겠지만, 미혼이시라 그럴 수 있겠다, 이해하게 되었습니다. 두 아이를 키워보니 그 차이는 확실했습니다. 엄마가 가질 수 있는 무엇이 없다는 느낌, 딱 그랬습니다. 엄마들은 아는 그 무엇이었습니다.

학교를 다닐 때는 좋아하는 친구만 만났습니다. 마음에 들지 않는 일은 하지 않았습니다. 직장에서도 맡은 일만 하면 됐습니다. 사람들을 만날 때, 서로 맞지 않은 사람은 안보면 되었습니다. 인간관계의 폭이 삶의 크기라면, 절대적으로 한정된 관계 안에 있었습니다. 친한 친구 몇 명, 직장에서 만나는 최소한의 관계, 가족과 일과 혼자 하는 취미활동이 다였습니다. 아이를 낳기 전까지는 그랬습니다.

아이를 낳아 키우면서부터는 더 이상 그럴 수 없었습니다. 일상 속에 잔잔함은 거센 파도가 되어, 흔들어 놓았습니다. 혼자서 당당하게 모든 것을 다 할 수 없었습니다. 누군가의 도움을 받아야 했습니다. 처음에 친정 엄마의 도움을 요청하며, 용돈을 드리는 것으로 시작했습니다. 아이의 선생님께 하루를 맡기며, 소통했습니다. 둘째 아이가 세 살 때, 여자 친구를 깨물었다는 전화를 받았습니다. 물린 아이의 부모님께 전화를 했습니다.

"죄송합니다. 아이는 괜찮은가요? 집에서 그러지 않도록 잘 타일러 보겠습니다."

"물린 자국에 흉이라도 들면 어쩌겠어요. 한번만 더 이런 일 있으면, 그냥 넘어가지 않을 거예요."

"네, 죄송합니다. 다시는 이런 일이 없도록 하겠습니다. 죄송합니다."

누구한테 피해 주지 않고, 나만 떳떳하게 살면 된다고 생각했습니다. 아이의 엄마가 되니, 타인과의 관계를 마음대로 끊을 수도 없었습니다. 문제가 생길 때마다 어린이집을 옮길 수는 없으니까요. 세 살 아이를 어떻게 가르치겠습니다. 어떻게 하면 깨물지 않을까? 고민에 빠졌습니다. 인터넷 검색도 해보며, 원인과 방법을 찾으려 했습니다. 엄마의 작은 노력과 그런 일이 없길, 기도하는 마음뿐이었습니다. 아무 일 없이 잘 놀다 오는 것, 엄마가 바라는 것은 그게 다였습니다.

아이들의 배움은 모든 것을 해보는 경험에서 나왔습니다. 그려보고, 만져보고, 깨져보고. 엄마에게 아이의 배움은 감당해야 하는 숙제처럼 보였습니다. 첫째 아이는 시행착오를 겪으며, 갈등을 겪었습니다. 잠시도 가만있지 않고, 노는 아이였습니다. 밖에 나가서는 위험한 줄도 모르고 뛰어 다녔습니다. 넘어지고 울고, 또 넘어지며 놀았습니다.

초보 엄마는 안절부절, 모든 것이 두려웠습니다. 엄마가 잘 못 봐서, 다칠까봐. 그런 두려움이 아이를 통제하고, 혼내는 것으로 막으려고만 했습니다. 엄마의 통제 안에 가두려고 하는 것 자체가 잘못이었습니다. 내 마음대로 될 수 없는 거였지요. 하나씩 내려놓게 되었습니다. 벽에 낙서 하고 다니는 것도, 넘어지고 다치는 것도, 기준을 낮추고 아이들을 보았습니다. 허용할 수 있는 한계를 조금씩 넓혀 갔습니다.

작은 아이가 다섯 살이 될 쯤 되니, 아이들을 키우기가 한결 수월해졌습니다. 혼자 할 수 있는 일이 늘어나고, 말도 통하게 되었습니다. 둘이서 잠깐씩 놀기도 했습니다. 두 아이의 육아에서 큰 산을 넘어, 휴식을 맛보는 시간이었습니다. 초등학교에 들어가면서 잠자리 독립을 시도했습니다. 지금도 엄마 아빠가 잠들 때까지 재워달라고는 하고 있지만, 아이들 방에서 잠자기를 시작한 것입니다. 이때가 또 한 번 성장하는 때였습니다. 아이들과 함께 자면서 깊은 수면이 어려웠습니다. 자다가 깨면 엄마 아빠 방을 찾아오지만, 같이 잠드는 것보다 한결 수월했습니다.

언제까지 아이들이 그 순간에 머물 줄만 같았지만, 아이들은 자라고 있었습니다. 시간이 지남에 따라 자연스럽게 해결되는 것들이 있었습니다. 아무리 발버둥 쳐도 안 되는 것들이, 안개처럼 사라졌습니다.

" 아, 이런 거였어. 시간이 해결해 준다는 것이."

세상에 두려운 것, 무서운 것이 없는 사람은 겸손과 인내와 배려와 사랑을 배우지 못합니다. 내가 옳다고 언제나 우기면 되었습니다. 나 아닌 타인을 위한 삶을 살게 했고, 끊임없이 무지를 인정하게 했습니다. 문제의 답이 정해져 있지도 않았습니다. 이럴 때도 있고, 저럴 때도 있는 것이었습니다. 또 아이들은 기다림을 배우게 했습니다. 시간이 지나고, 기다리면 된다는 진리도 알려 주었습니다.

알에서 깨어나 새로운 세상을 보듯, 아이들은 엄마를 변화시켰습니다. 아무것도 아닌 나를 어떤 무엇인 존재로 만들어 주었습니다. 뼈아픈 시련과 수치심과 비난과 조롱을 받게 했습니다. 존재가 된다는 건 그 모든 과정을 지나서야 가능했습니다. 지금도 현재진행형으로.

'엄마가 되기 전에는 아무것도 아니다'
'인생 공부, 이제부터 시작이야' 라고, 내 인생은 선전포고를 했습니다.

7. 이제 시작이구나

나에게 찾아온 두 아이는 내 삶을 송두리째 바꿔 놓았습니다. 30년 동안 내가 살아왔던 일상은 아이들과 함께 달라졌습니다. 엄마라는 이름으로 아침을 맞이하고, 잠들었습니다. 초보 엄마는 그렇게 아이들의 삶으로 초대되었습니다. 가장 오랜 된 기억이 있습니다. 세 살쯤 된 꼬마 여자 아이입니다. 엄마는 마당 수돗가에서 빨래를 하고 계십니다. 골목에서 놀다 훌쩍훌쩍 울면서 들어옵니다. 빨래를 하고 계신 엄마 앞에 섰습니다. 엄마는 저를 보지도 않고, 계속 빨래만 하십니다.

"울지 말고 옷이나 바로 입어라"
"옷 아니고, 팬티거든"

팬티도 아닌, 반바지도 아닌 바지가 흘러내리고 있었습니다. 초여름 오전의 햇빛이 마당을 비추고 있습니다. 빨래비누 냄새와

분주한 엄마의 손놀림이 보입니다. 씩씩거리며 서 있는 꼬마 아이, 화가 난 마음을 옷 아니고 팬티라며 우겨봅니다.

아이를 낳아 키우면서, 어릴 적 기억하지 못한 저를 만났습니다. 백일쯤, 걸음마를 시작한 것, 동생이 생겼던 기억들은 없습니다. 기억이 없을 뿐, 살아왔던 일들은 남아 있었습니다. 엄마가 되어 아이들이 자라는 모습을 보았습니다. 아이와 같은 나이가 되어 함께 크고 성장하고 있었습니다.

일남 삼녀의 첫째 딸입니다. 연년생 여동생과, 네 살 터울 여동생이 있습니다. 여덟 살 차이가 나는 남동생이 있습니다. 그렇게 동생을 셋이나 둔 첫째 딸이었습니다. 동생들과 어울리며 소꿉놀이, 공주 놀이를 했습니다. 연년생 동생과는 성향이 달랐습니다. 나와 다른 것은 틀린 것으로, 부족한 것으로 보였습니다. 마음이 열리지 않았던 것은 엄마를 뺏아간 동생이라는 무의식 때문은 아니었을까 생각해보게 됩니다.

둘째 여동생은 동생 그 자체로 보았습니다. 도와주고 보살펴야 하는 동생으로 생각했고, 저를 잘 따랐습니다. 아이를 낳고 키우는 지금도 서로에게 영향을 주고받는 사이입니다. 막내 남동생은 엄마 마인드로 보았습니다. 막내 동생의 아기 때가 기억납니다.

화가 날 때 머리를 벽에 쳤던 거, 걸음마를 하던 모습도 생생합니다. 아버지는 직장생활을 하지 않으셨습니다. 한 가지 일을 오래 하지 못하고, 여러 직업을 바꾸셨습니다. 부모로부터 받은 것도 없고, 공부도 많이 하지 못하셨습니다. 혼자 한자 공부를 하셨고, 운전을 배우셨고, 넷이나 되는 아이들을 키우셨습니다.

엄마도 집에서 할 수 있는 부업을 하셨습니다. 부모님은 가정의 생계를 유지하기 위해 바쁘셨습니다. 그런 환경에서도 부족한 것은 모르고 살았습니다. 학교에서 필요한 것들은 다 사주셨습니다. 철없던 저는 텔레비전에서 예쁜 잠옷을 입고 나오는 모습을 보고, 사달라고 졸랐던 기억이 있습니다. 그 시절 엄마는 물건을 살 때 가격을 물어보고, 삼천 원 이상이라고 하면 사지 않았다고 합니다.

엄마는 직장생활하며, 월급 받아 오는 것이 제일 부러웠다고 합니다. 아버지와 엄마의 영향인지, 결혼할 남자는 고정 수입을 받아오는 것을 일순위로 생각했습니다. 생각한 대로 공무원 남편과 결혼했습니다. 연년생 여동생도 공무원 남편과 결혼 했습니다. 둘째 동생은 아이 둘을 낳은 뒤 서른아홉에 공무원에 합격했습니다.

둘째 여동생은 대학시절 남자 친구와 결혼했는데, 삼성조선소에 근무합니다. 막내 남동생은 사범대학에서 교사임용시험 대신, 공무원 시험에 응시했습니다. 졸업한 해에 합격했습니다. 우리 형제들에게 안정된 직장은 필수 조건이 되어 각자의 삶에 들어와 있었습니다.

일을 하는 것은 어렵지 않았는데, 아이들을 돌보는 건 유독 힘들었습니다. 엄마가 아이를 키우는 것은 당연한 일인데, 왜 이렇게 어려운 것인지, 나에게 문제가 있는 것은 아닌지 생각했습니다. 남편의 귀가 시간이 늦어지는 것이 왜 그토록 나를 화나게 하는지, 아이들이 싸우는 모습을 왜 여유롭게 봐주지 못하는지. 엄마가 되고, 남편과 아이들과의 관계에서 생기는 일상은 저를 흔들었습니다.

엄마가 되고 보니, 무의식의 기억들이 보이기 시작했습니다. 잊어버렸다고 생각했던 상처들, 아무렇지도 않다고 회피했던 사건들이 떠올랐습니다. 엄마가 되기 전에는 숨기고 사는 것이 가능했습니다. 아이들은 엄마의 상처를 끊임없이 꺼내주었습니다. 일상의 사소한 일들 하나하나로. 그 마주침은 거부로, 반항으로 저항하려고 몸부림쳤습니다.

"이 느낌, 이 감정 뭐지? 내가 이렇게 공격적이었어? 이런 것도 이해를 못해주었나?"

당황스러운 상황을 인식하고, 받아드리기까지는 적지 않은 시간이 흘러야했습니다.

새로운 삶으로의 초대는 기대이상이었습니다. 엄마가 되지 않앉으면 절대 알 수 없는 세상이 펼쳐졌습니다. 더 좋은 엄마, 더 좋은 사람이 되고 싶게 했습니다. 나만의 가치에서, 더 큰 세상의 가치를 보게 했습니다. 나만 아는 이기적인 자신을 발견했습니다. 나는 무조건 옳다고 우기던 철없던 오만함도 알게 되었습니다.

"아이들이 아니었다면 가능했을까?"

나를 비추는 밝고 강한 그 에너지를 거부 할 수 없었습니다. 아이들처럼 세상을 바라보게 되었습니다. 지금까지 보던 세상과는 완전 다른 세상이 시작되었습니다.

제2장

벼랑 끝에 선 엄마

1. 교육학을 전공하면 뭐해

이론과 현실은 다릅니다. 학교에서 배운 대로 인생이 펼쳐지지도 않았습니다. 교육학을 배웠다고 잘 가르치는 것도 아니었습니다. 교사가 되는 것과 엄마가 되는 것은 다른 문제였습니다. 공부가 단지 아는 것에 머물면, 배움은 의미가 없습니다. 삶으로 묻어나오는 것이 진짜입니다. 엄마는 진짜가 되는 연습이었습니다. 아는 것을 실천하고, 모르는 것을 인정하는 과정이었습니다. 다른 방법은 없으니까요. 깨닫기까지 제자리걸음에서 벗어나지 못했습니다. 진짜여야만 된다는 깨달음은 삶으로 조금씩 보이기 시작했습니다.

'엄마의 교육학 수업은 지금부터 시작이야. 안다고 착각 했던 거 다 버려.'

장래희망을 물으면 '선생님'이라고 막연한 생각을 하고 있었습니다. 운명처럼 자연스럽게 아동복지학과를 선택했습니다. 입학생 전체 30명중에 남학생 한 명, 전형적인 여자학과였습니다. 여중, 여고, 여대의 환경이었습니다. 영유아의 발달과정, 여러 학자의 이론을 매 학기마다 들었습니다. 영어, 수학을 하지 않아도 되는 수업은 딱 '내 스타일'이었습니다. 대학 공부는 입시 교육의 험난한 고난을 겪은 뒤 찾아온 평화 같았습니다. 현장에서 실천 가능한 미술, 음악교육과 부모 상담 수업도 들었습니다. 가정관리, 부모의 역할도 기억이 납니다. 졸업학점 평점 4점을 넘었습니다.

'영유아의 발달이론 중, 빠아제의 인지발달이론에 대한 자신의 생각을 쓰시오'

'영유아의 발달 과정을 쓰고, 각 과정의 중요한 특성에 대해 서술하시오'

문제들은 점수 받기 좋았습니다. 많이 쓰고, 아는 것을 정리하면 되었습니다. 핵심 포인트를 적절히 첫째, 둘째, 셋째로 나눠 덧붙이다 보면 양도 늘어났습니다. 좋은 점수가 좋은 삶은 아니듯, 공부 잘한다고 좋은 엄마가 되는 것은 아니었습니다.

졸업하고 현장에서 아이들과의 생활은, 배운 것과는 달랐습니다. 아이들의 하루일과, 한 달, 일 년의 과정은 학교에서 배운 것의 열개 중 하나 정도였습니다. 하루 일과를 계획하고, 주간 교육계획안을 짜고, 월간 교육계획안을 작성해서 수업을 준비했습니다. 아이들은 같은 연령이라도 개인차가 크게 났습니다.

성향에 따라서도 달랐습니다. 준비한 대로 수업한다는 것은 불가능 했습니다. 초보 교사시절을 보내며, 현실적으로 적용 가능한 수업과 준비된 수업의 개입을 줄여 갔습니다. 아이들을 좋아하는 마음으로 부족한 부분을 채워나갔습니다. 교사가 의도한 대로 하려면, 아이들이 힘들어집니다. 개별적인 상호작용으로 아이들을 이해하는 과정이 중요했습니다. 의욕에 넘쳐서 열정만 다하는 선생님은 오래 버티지 못했습니다. 현장에서의 상황을 이해하고, 해야 할 것과 버려야 할 것을 선택하는 융통성이 필요했습니다. 경험에서 나오는 교육철학을 찾아갔습니다. 그렇게 교사 생활은 크게 어려움 없이 해나갔습니다.

교사 생활을 십년정도 했고, 큰 아이가 학교에 입할 할 시기다 되었을 때 어린이집을 개원 했습니다. 교사 경험으로 나만의 철학을 가진, 어린이집을 운영하는 것은 또 하나의 꿈이었습니다. 교사는 안정적인 직장이었지만, 출퇴근 시간은 매여 있어야 했습니다. 학교에 입학하는 아이들을 돌봐줄 수 있으리라 생각했습니다. '놀면서 자라는 아이들' 교육 목표로 잡았습니다. 매일 산책하고, 바깥놀이를 하며 신나게 놀면서 지내는 수업을 계획했습니다. 자연드림에서 식자재를 공급 받고, 유기농 자연식 식단으로 급식을 했습니다. 입학 상담을 하시는 부모님은 교육철학과 마인드를 좋게 봐주셨습니다. 한 명씩 입학을 하면서 소개도 들어왔습니다.

어린이집은 아이들을 통해, 어머니들과 관계를 맺는 과정이었습니다. 졸업을 하고도 놀러 오는 아이들도 있었고, 길에서 만나도 이름을 부르며 반갑게 인사했습니다. 아이들의 원장님으로 인정해 주시고, 어디서 만나든 반가워 해주시는 관계는 큰 의미였습니다. 아이들의 어린 시절을 함께 보내며, 즐거운 추억이 있기 때문이었습니다. 작은 어려움은 있었지만, 원장님으로 불렸던 기억도 행복한 경험으로 남아있습니다.

선생님과 원장님으로 불리는 엄마에게 육아는 또 다른 신세계였습니다. 엄마는 어떤 가면도 없이 드러나는 맨얼굴이었습니다. 항상 웃는 얼굴일 수 없었고, 부정적인 감정도 표현하는 엄마였습니다.

"미선이는 애 낳으면 진짜 잘 키우겠다."
결혼 전에 집에 놀러 오셨던 외숙모가 하셨던 말씀입니다.

'당연히 그렇겠지…….'

스스로 얼마나 오만했는지 모릅니다. 아이를 키운다는 건 공부하는 것처럼, 시험 치는 것처럼, 직업으로 선생님이 되는 것과는 다른 차원이었습니다. 어떤 교육철학도 교육학자도 엄마의 육아에는 해당되지 않았습니다. 이론과 현실은 다르다는 명제입니다. 엄마는 교육철학과 교육이론도 필요하지 않았습니다. 아이를 진심으로 이해하는 마음은 자신에게 솔직해지는 것부터 시작이었습니다.

자신의 마음을 인정하고 욕구를 이해해야 했고, 상처를 인정해야 했습니다. 자신에 대한 이해 없이, 아이들을 이해하고 사랑하려는 것은 억지였습니다. 자신을 마주하는 용기, 사랑할 용기를 내는 것. 길게 돌아온 길에서 엄마는 아픈 만큼 성장하고 있었습니다.

2. 엄마도 위로가 필요해

육아는 내 삶에 가장 큰 어려움이었습니다. 내가 낳은 아이가 고난이 될지 예상 못했습니다. 인생의 선물은 이처럼 다른 모습으로 나타납니다. 아이를 낳고 키우는 것을 쉽게 생각한 것도 아니었지만, 상상 그 이상이었습니다. 아이러니를 받아들이는 것부터 힘들게 했습니다.

'행복의 순간, 기쁨의 과정을 왜 나는 힘든 고난으로 여기지?'

'내는 왜 이렇게 생겨 먹은 건가?'
자책하며 그 이유를 찾아가기 시작했습니다.

어른이 되기까지 김치를 먹지 않았습니다. 김치의 시큼한 냄새와 매운 맛에 대한 거부감 때문이었습니다. 성인이 된 이후에 조금씩 먹기 시작했습니다. 달걀 프라이에 간장 넣어 비벼먹고, 소시지와 김이 주된 반찬이었습니다. 그래서였을까요? 자주 입 안이 헐었습니다. 아이 둘을 낳고, 손목과 무릎 관절이 아팠습니다. 여러 병원을 거쳐 '류마티스관절염' 진단을 받았습니다. 자가면역질환인 이 병은, 의사들도 '공주병'이라고 합니다. 무리한 일과와 스트레스가 병을 악화시킵니다. 식습관과 생활습관을 고치면 낫기도 한다고 합니다. 삶이 통째로 바뀌지 않은 이상, 어려웠습니다.

병명도 나오지 않고, 시름시름 아팠던 시기가 있었습니다. 손목이 아파서 숟가락을 들지도 못했고, 무릎의 통증으로 앉고 서는 일조차 어려웠습니다. 큰아이 세 살, 작은 아이 두 살 때였습니다. 몸 전체에 염증 수치가 퍼져, 일상적인 생활이 어려웠습니다. 여러 병원을 거쳐서 부산 백병원에서 병명을 받았습니다. 병의 원인을 찾기만 해도 정말 기뻤습니다. 다행히 류마티스는 약을 먹으면서 관리할 수 있었습니다. 약의 효과는 대단했습니다. 통증이 줄어들었고, 염증 수치도 떨어졌습니다. 약을 먹고 아프지 않으면, 그것만으로 모든 것이 좋았습니다. 그렇게 컨디션에 따라 감정의 기복도 좌우 되었습니다. 매일 약을 먹고 살게 되었지만, 병을 통해 세상을 보는 눈은 달라졌습니다. 두 번째 인생을 얻었고, 일상적으로 하는 일들의 가치에 대해 알게 되었습니다.

아픈 엄마를 아이들이 알리는 없지요. 아이들의 작은 행동에도 예민해졌고, 짜증을 부리기 일쑤였습니다. 당장 눈앞의 상황에서는 화내고, 야단치고 나서 후회하기를 반복했습니다. 욕실에서 샤워를 하는 큰 아이가 치약을 혼자 짜려고 했습니다. 엄마가 해준다고 못하게 했더니, 칫솔을 던져버렸습니다.

칫솔을 던지는 아이를 보자, 화가 나서 등을 한 대 때렸습니다. 우는 아이한테 칫솔을 주워오게 하고, 치약을 짜 주었습니다. 아차, 스스로 짜고 싶었냐고 물어보았습니다. 칫솔질을 하며 언제 울었느냐는 듯 눈물을 얼굴에 묻힌 채 깔깔거리며 칫솔질을 합니다. 아이의 마음을 알아주지 못한 것 같아 미안했습니다. 아무렇지 않게 웃어줘서 더 마음이 아팠습니다.

아이가 어릴 적 반성문 같은 일기들이 있습니다. 저녁이 되어 아이를 씻기고 챙기는 일이 힘들었을 것입니다. 끝나지 않은 숙제 같았을 것입니다. 엄마의 체력은 바닥이 났을 테니, 아이의 작은 행동도 받아주지 못한 것입니다. 돌아서면 후회하면서 악순환의 고리를 끊지 못했습니다.

잠들기 전까지 이런 일상의 연속이었습니다. 낮에 일을 하고, 저녁이면 아이들을 돌보고, 누가 일을 하라고 한 것도 아닌데 그런 힘든 상황을 이어가고 있었습니다. 일을 그만두고, 하루 종일 아이들과 시간을 보내는 것이 그토록 어려웠습니다. 도피는 모든 문제의 해결이 아니었습니다. 잠시 놓아버리는 것일 뿐.
초보 엄마였지만, 남편도 초보아빠였습니다. 결혼 전 자유롭던 생활이 아직 남아있었습니다. 아직 친구들이 좋을 때였습니다.

사회생활도 한참 재미있게 할 때였습니다. 회식, 술 약속이 흔하게 있었겠지요. 저와 부딪치는 상황마다 조금씩 변했지만, 처음부터 좋은 아빠가 될 수 없었습니다.

'사랑은 그 상대에게 자기의 시간을 주는 것이다'

사랑에 대한 정의 중에 가장 현실적인 말입니다. 내 시간을 기꺼이 투자하는 것, 그건 사랑의 표현이고, 증거였습니다. 아침에 출근해서 저녁에 퇴근하고 들어오면, 아이들이 잠들어 있습니다. 하루에 한 시간도 아이들과 함께 하지 못하기도 했습니다. 육아에 지친 저는 남편에 대한 이해보다, 원망만 있었지요. 엄마를 위로 해줄 사람, 도와줄 사람은 없었습니다.

'기꺼이 나와 아이들에게 당신의 시간을 투자하라' 요청 또 요청했습니다. 화를 내기도 하고, 설득을 하기도 했습니다. 그렇게 남편도 아빠가 되어 갔고, 그 시기를 지났습니다. 그 모든 것이 과정이었습니다. 자신만 알면 되고, 내 위주의 세상이 아이들과 함께 하는 삶으로 바뀌고 있었습니다. 조금 덜 아프게, 조금 더 지혜롭게 보내지 못한 것에 아쉬움이 남습니다. 저만 힘든 것은 아니었다는 것을 이젠 알게 되었으니까요.

엄마의 하루에 물리적인 도움과 정신적인 위로가 필요했습니다. 육아와 가사를 전담하는 엄마에게 남편은 아빠의 이름만으로 자리를 지키고 있었을 뿐이었습니다. 도움을 구할 곳, 의지할

안식처가 필요했습니다. 아이를 잘 키우는 노하우가 필요했습니다. 그렇게 조금씩 저를 위해, 진짜 엄마가 되기 위해 책을 읽기 시작했습니다. 책은 언제나 제 편이었고, 사랑하는 방법을 알려주었습니다.

3. 감사 같은 소리 하네

그 시절 내 육아의 고통을 누군가에게 책임을 물어야 했습니다.

'왜 이렇게 힘든지, 왜 이토록 화나게 하는지.'

그 대상이 있어야 했고, 이유를 찾아야했습니다. 화살은 연년생으로 태어난 형제와, 자기 일만 열심히 하는 남편에게 향했습니다. 에너지 넘치는 아들이었고, 쌍둥이 보다 힘들다는 연년생이었습니다. 언제나 성실하고 책임감 강한 남편은 가정보다 일에서 그 능력을 발휘할 때였습니다.

거실 벽에는 아이가 그린 낙서가 가득했고, 장난감들이 굴러다녔습니다. 과자가 여기저기 흘러있고, 아이들은 침대 위에 올라가 뛰고 있습니다. 동생이 장난감이라도 하나 만지면, 큰 아이는 당장 뺏어버립니다. 작은 아이는 울고, 엄마는 화가 납니다.

"동생 하나만 줘. 너는 다른 거 가지고 놀면 되잖아."
"싫어. 내꺼야."
"가지고 놀지도 않으면서 주면 안 돼?"

엄마와 아이와의 신경전은 답이 없습니다. 아이 마음을 모르고, 그 상황만 보았습니다. 결국 뺏어서 주거나, 엄마 말을 듣지 않 았다고 혼을 내는 걸로 끝이 나곤 했습니다. 그 끝은 좌절감이었 습니다.

'이건 아니잖아. 도대체 어떻게 해야 돼?'

집이 편안한 곳이긴 했지만, 설레지는 않았습니다. 아이 둘을 키 워본 경험이 없었습니다. 바로 실전이었습니다. 그 상황에서 떨 어져 여유를 갖지 못했습니다. 조급했고, 서둘렀습니다. 엄마의 시간과 휴식이 사치였던 시기였습니다. 그래도 되는데 그럴 여 건이 되지 않았습니다. 뭔지 모르게 잘 못하고 있다는 죄책감은 더 나락으로 밀었습니다.

'엄마가 되가지고 그것도 못해?'
'엄마가 뭐가 그래?'
'엄마가 그래도 되는 거야?'

다른 누구도 아닌 내 안에서 그런 말을 하고 있었습니다. 엄마 같지 않은 엄마, 엄마라면 당연히 해야 하는 것들을 못하는 엄마, 제가 그랬습니다.

누군가에게 준 선물이 받아드리는 사람에 따라, 선물이 아닐 수도 있잖습니까? 육체적 정신적 어려움에 허둥대는 저에게는 감당해야 할 일로만 받아드렸습니다. 누구도 내가 당하는 어려움을 알아주지 않았습니다. 살기 위해 악쓰며 화를 토해냈습니다. '나 좀 도와 달라'는 표현을 부드럽게 요청하지 못했습니다. 내가 힘든 만큼 강하게 발버둥 쳤습니다. 그 표현은 나와 가족들에게 화를 내는 것이었습니다.

"제발 말 좀 들어."

모든 문제의 근원을 밖에서 찾았습니다. 나를 내버려 두지 않는 환경에 대해 원망하고, 또 원망했습니다. 아이들과 남편에게 상처를 주었습니다. 나도 그만큼 아프니까, 할 수 있는 건 그것이 전부였습니다. 세상을 바라보는 현명한 태도, 내 상황을 이해하는 올바른 판단 같은 건 없었습니다. 지금 생각하면 어리석고 모자란 사람이었습니다. 그러니 매일, 같은 자리를 맴돌 뿐이었습니다.

어떤 것도 곱게 보이지 않았겠지요. 감사라는 단어를 잊고 살던 때입니다. 불평불만으로 살던 그때는 '감사'가 있을 수 없었습니다. 함께 할 수 없는 두 단어였습니다. 시간이 흐르고 지금 생각하니, 동전의 양면, 종이 한 장 차이 같은 일이었습니다. 쉽고도 어려운 인생 공부를 엄마가 되어 하고 있었습니다.

지금 세상이 아름다운 건, 아름다운 눈으로 보기 때문입니다. 세상은 그대로이고, 나의 눈이 아름답게도 만들고, 힘들고 어렵게도 만드는 것이라는 걸 깨닫기 시작했습니다. 선물로 받아드리든, 고생으로 받아들이든 그 선택은 저의 것이었습니다.

'어떻게 마음먹고, 어떻게 받아드릴 것인가?'
그것만이 답이었습니다.

아이들은 저만의 세계에 갇혀진 눈을, 세상을 향하도록 만들어 주었습니다. 아이들의 눈으로 보는 세상은 온통 핑크빛이었습니다. 그 과정에서 얻은 기쁨은 매일을 행복으로 가득 채워주었습니다. 작은 것에 감사하게 했고, 어렵고 힘든 일을 단순하게 만들어 주었습니다. 아이들처럼 좋으면 신나게 웃고, 싫으면 싫다고 말해야 했습니다.

'감사'의 반대말은 '당연함'이라고 합니다. 당연하다고 생각했던 것을 감사하기 시작했습니다. 아침에 건강하게 일어난 것, 아이들이 제 시간에 학교를 가는 것, 아침 식사를 하는 것, 따뜻한 커피 한잔, 낮 시간 짧은 산책 길. 지금 내가 가지고 있고, 누리고 있는 모든 것들이 해빙이었습니다. 알아차리고 감사하기 시작했습니다. 마음속으로, 때로는 혼잣말로 '감사합니다.'라고 말하기 시작했습니다. 그리고 효과는 작지 않았습니다. 생각과 마음이 바뀌기 시작했고, 생활도 변화를 가져왔습니다. 더 이상 아이들과 남편이 힘들지 않았습니다. 작은 것을 표현하며, 지금 잘하고 있는 것에 집중했습니다.

'건강해서 고마워, 맛있게 잘 먹어줘서 감사합니다. 자기 일을 열심히 해서 감사합니다. 저녁이 되어 집에 들어와서 감사합니다. 설거지를 해줘서 고맙습니다. 콧노래를 불러줘서 감사합니다.'

감사함은 조금씩 기적으로 내 삶을 바꿔 놓았습니다.

4. 이러다가 어쩌려고

일상에 큰 변화는 없었지만, 아이들은 자랐습니다. 초등학교에 들어갔고, 여느 아이들처럼 잘 자랐습니다. 아이들이 초등학교에 들어가게 되면, 맞벌이를 하며 저학년 아이를 돌보기 어렵다는 생각을 했습니다. 어린이집은 엄마아빠의 출퇴근 시간까지 보육이 가능했지만, 학교는 오후시간 아이들을 돌봐 주어여 했기 때문입니다.

그렇게 아이들이 초등학교가 근처에 있는 집에서 어린이집을 오픈하게 되었습니다. 마음 같아서는 가까이 있으면서 집에 오는 아이들도 챙겨준다고 생각했습니다. 실제로는 어린이집 원장님 역할만 충실히 했지, 엄마로써의 역할은 할 수 없었습니다. 한 번에 두 가지에 마음을 쓸 수 없는 한계를 알게 되었습니다. 우선순위에서 아이들은 밀려났고, 아이들은 엄마를 어린이집에 뺏겼습니다. 어린이집에 살금살금 들어와 엄마 얼굴만 보고, 간단한 전달 사항 정도만 이야기 하고 집으로 갔습니다. 시간이 지나면서 어린이집엔 들리지도 않게 되었습니다. 어느 정도 컸으니, 스스로 할 건 한다고 생각했습니다. 방치하다시피 키우면서, 자유롭게 키운다고 위안 삼았습니다.

작은 아이가 초등학교 2학년이 되고, 5월 한참 봄이었습니다. 학교 담임 선생님께 전화가 왔습니다. 선생님의 목소리가 무거웠습니다. 우리 아이가 친구에게 거미 다리를 먹였다고 말씀하셨습니다. 방과 후 과학 수업시간에 장난처럼 그런 일이 있었다는 것입니다. 학교로 오셔서, 친구 부모님께 사과인사를 하시면 어떻겠냐고 하셨습니다. 놀란 가슴을 쓸어내리며 남편과 오후에 학교로 방문했습니다. 화가 잔뜩 나신 친구 어머님과, 또 다른 어머니가 한 분 더 오셨습니다. 선생님과 아이들이 같이 앉았습니다. 간단한 상황 이야기를 선생님께 들었습니다. 선생님 말씀이 끝나자, 아이의 친구 어머니께서 말씀하셨습니다.

'어떻게 이런 일이 있을 수 있느냐, 얼마나 위험한 일이었냐고.'

아이들을 앉아 놓은 자리에서 그렇게 말씀하시는 어머니를 예상하지 못했습니다. 분명 사과를 하러 갔지만, 죄인처럼 몰아붙이는 어머니를 보자, 고개 숙여 사과하려는 마음이 들지 않았습니다. 텔레비전 드라마에서 한번쯤 보았던 그 장면이었습니다. 내가 처한 상황을 떠나, 예의 없는 사람을 만나는 기분이었습니다. 그 어머니의 마음을 제대로 헤아리지 못했고, 용서를 빌 마음이 부족했습니다. 그런 제 마음이 정확이 전해졌습니다. 변명 같은 사과를 했습니다. 아이도 어머니와 친구에게 사과를 하고 왔습니다. 하지만 다음날 학교폭력으로 신고를 하겠다고 하셨습니다. 낯선 단어가 훅 하고 저를 때렸습니다. 있었던 사실은 그대로였습니다. 진정성 있는 사과를 받지 못했다는 것입니다.

"어제 사과 한 거 맞아요? 생각할수록 기분 나쁘네요. 학교폭력으로 신고하겠어요. 어떤 협의도 없습니다."

분명 어제 만나서 이야기가 끝났는데, 왜 이런 상황이 됐는지 알 수 없었습니다. 아이의 행동보다 엄마인 저의 태도가 문제가 된 결과였습니다. 일은 걷잡을 수 없이 커졌습니다. 결국 아이가 한 행동의 원인이 저에게로 돌아왔습니다.

이게 무슨 일인가, 남편에게 어떻게 해야 할지 의논이 필요했습니다. 태어나서 처음 겪는 일이었습니다. 가슴이 떨리고, 손이 떨리며 따뜻한 봄 하늘이 차갑게 느껴졌습니다. 일을 하다 나온 남편과 도착한 곳이 장미공원이었습니다.

'낮에 이렇게 사람들이 많구나.'

주차를 하고 내렸습니다. 담임 선생님께서 전화가 왔습니다. 애써 담담한척 받았지만 사태는 예상대로 흘러갔습니다. 그때는 이미 담임 선생님도 어떤 방도를 찾지 못하셨습니다.

낯선 남편의 모습을 보았습니다. 담배를 피우며, 여태껏 보지 못한 수심 가득한 얼굴이었습니다. 그 모습은 이 사건에서 가장 기억에 남는 한 장면입니다. 애초에 학교에 같이 가자고 했던 건, 힘든 육아의 한 부분을 혼자 감당하지 않겠다는 마음이기도 했습니다. 애들 키우면서 이런 일쯤 누구나 있겠지 하면서, 엄마인 나만 죄인 되고 싶지 않음 마음이었습니다. 그런데 일이 커졌습니다. 남편의 일상은 흔들렸고, 하루 종일 일이 손에 잡히지 않는 날들이 계속 되었습니다. 인생 최대의 위기를 맞은 듯 보였습니다. 이 일에 대처하는 모습은 남편이 더 힘들다는 것을 알게 되었습니다.

'이 상황, 더 어렵게 만들어서는 안 되겠구나'
'이러다 이 사람 큰 일 나겠구나.'

스스로 죽음을 선택하는 사람들을 이해하게 되었습니다. 사람들에게 손가락질을 받고, 모욕을 당하는 기분. 아이의 상황을 이렇게까지 만들었다는 죄책감, 단순한 문제가 아니었습니다. 위기를 감당 할 한계치를 넘어가고 있었습니다. 남편이 더 걱정되는 시간이었습니다. 받아드려야 할 건 인정해야 했고, 그 과정이 힘들어도 지나와야 했습니다. 이 일은 지금껏 아이를 키워온 낙제 점수 같았습니다. 아픈 만큼 성숙한다고 했습니다. 아이러니하게도 이 사건은 인생에 큰 전환점이 되었습니다.

남편과는 같은 상처를 경험한 동지가 되었습니다. 우리 부부 공동의 포인트 아이들에 대해 다시 생각했습니다. 나의 부족한 점은 무엇인지, 아이들이 필요로 하는 것은 또 무엇인지. 찾아가려고 노력했습니다. 다시는 지금과 같은 실수를 하지 않으리라 생각했습니다.

이 일은 제가 만든 것이었습니다. 사람을 잘못 만나서도 아니고, 재수가 없어서도 아니었습니다. 근본적으로 이런 일은 언제고 닥칠 일이었다는 것을 알게 되었습니다. 오만함과 자만, 겸손하지 못한 어리석음, 이기적인 마음, 타인에 대한 이해 부족들이 이유였습니다. 알아차리는 것은 모든 것을 변화시켰습니다. 단지 알아냈을 뿐이지만, 상황은 달라지고 있었습니다. 아이에게 눈을 돌려, 힘든 것을 보았습니다.

'엄마의 사랑이 필요하구나, 나 지금까지 뭐 한 거지?'

마음으로, 진심으로, 아이들에게 다가야야 했습니다. 그동안 부족하고 어리석은 엄마 내려놓고, 지혜롭고 따뜻한 엄마가 되어야 했습니다. 내 아이들을 위해서 말입니다. 제일 중요한 것을 놓치고 살아온 엄마 10년의 반성문입니다.

5. 모든 것은 내 손안에

어디서부터 잘못된 것일까요? 지금껏 살면서 누군가에게 쓴 소리를 듣거나, 비난 받은 기억이 없었습니다. 나름 잘 산다고 살았고, 특별히 잘못한 기억이 없습니다. 그런데 내 아이를 통해 온, 한 어머니는 저를 인간쓰레기 취급했습니다. 낭떠러지로 밀었습니다.

'내가 뭘 이렇게까지 잘못했지?'

처음엔 이렇게 생각했지만, 아무것도 해결되지 않는다는 것을 깨달았습니다.

어느 정도 수습이 되어가면서, 남편은 말해주었습니다. 감정적이고 즉흥적으로 말하는 습관, 그것이 좋지 않은 말일 때는 문제가 생길 가능성이 크지요. 의도치 않게 상대방에게 상처를 줄 수도 있고, 내 생각이 언제나 옳다는 이기적인 사람처럼 보일 것입니다. 변명을 하자면, 불의를 보고 넘어가지 못하는 성격이라고 생각했습니다. 저는 오만했습니다. 나만이 옳다고, 그래서 당신은 틀렸다고 생각했습니다. 그 마음의 시작이 어떤 것도 인정하지 못했고, 나의 기준으로 관계의 싹도 잘라버렸습니다.

아이들이 초등학교 3학년과 2학년을 다니면서, 큰 아이는 학교 규칙 안에서 벗어나지 않는 선 안에 있었습니다. 작은 아이는 그 선을 넘어가고 있었나 봅니다. 표면위로 드러나는 문제가 발생했고, 이유를 찾아가기 시작했습니다. 형제관계에서 큰 아이는 유난히 작은 아이를 괴롭혔습니다. 형제끼리 싸우고 크는 건 당연하다고 생각했습니다.

자라면서 좋아지겠지 생각했습니다. 같은 성별의 형제였지만, 성향은 정반대였습니다. 큰 아이는 활발하고 에너지가 넘치는 아이였습니다. 혼나고도 돌아서면 '엄마' 하고, 깔깔 거렸습니다. 작은 아이는 예민하고, 섬세했습니다. 평소에는 온순하지만, 화가 나면 몇 시간을 지나야 풀어졌습니다.

힘든 육아의 연속은 아이들이 초등학교에 들어가면서 엄마는 더 난폭해지고 있었습니다. 그 결과가 작은 아이의 공격성으로 드러난 것입니다. 심하게 친구들을 괴롭혔고, 친구들에 비해 체격도 커서 위협이 되었겠지요. 작은 아이가 학교에서 그렇게 하리라고는 상상하지 못했습니다. 집에서는 항상 형에게 괴롭힘을 당하는 입장이었으니까요. 오히려 큰 아이는 괜찮았고, 작은 아이는 엄마의 힘든 육아의 거울이 되어 나타난 것입니다.

형제관계가 문제의 원인이라면 둘을 떼어 놔야 하는지, 엄마의 양육방식에 어떤 문제가 있었는지 찾아야했습니다. 그 열쇠는 큰 아이였습니다. 물질적인 보상으로 큰 아이를 키웠다면, 작은 아이는 정신적 보상으로 키웠습니다. 큰 아이는 항상 욕심으로 키웠다면, 작은 아이는 사랑으로 키웠습니다.

마음가는대로 키우게 되다보다 보니, 자연스럽게 그렇게 되었습니다. 큰 아이에게 사랑과 관심, 엄마와의 애착이 우선이 되어야 했습니다. 엄마의 관심이 동생 위주로 가다보니, 동생을 괴롭히는 것은 아닌지 생각했습니다.

큰 아이를 안아주는 것, 상냥하게 말하는 것, 둘만 대화하는 것, 이 모든 것이 낯설었습니다. 큰 아이를 왜 그렇게 대했는지 지나온 시간에 미안했습니다. 조금씩, 하나씩 매일 노력했습니다. 그리고 엄마의 노력은 아이를 변화시켰고, 형제관계도 좋아지기 시작했습니다. 지금도 그 과정 속에 있습니다.

우리 가족의 행복, 내 아이의 관계, 그 모든 문제의 답은 제 손안에 있었습니다. 행복하기로 결정하고, 사랑하기로 마음먹기 시작하자 달라졌습니다. 모든 카드는 제가 선택해 주길 기다리고 있었습니다. 그렇게 행복과 사랑을 선택하고 엄마는 함께 자라고 있었습니다.

"다녀왔습니다."
"학교 갔다 왔어?"

도레미파솔, 솔음으로 아이를 맞아주었습니다.

"엄마랑 산책 갈까?"
"저녁에 뭐 먹고 싶어?"

아이들의 의견을 물어보고, 들어주는 엄마가 되려고 했습니다. 아이들이 원하는 것이 무엇인지 궁금해졌습니다. 원하는 것을 하면 행복합니다. 아이들이 좋아하는 것을 해주었습니다. 그것은 보드게임을 사주는 거라든지, 잠깐 게임을 하는 것으로 충분했습니다. 오케이, 통과. 엄마도 기분이 좋아졌습니다. 각자의 기쁨을 가져야 했습니다.

가정 안에서 엄마의 역할이 얼마나 중요한지 새삼 알게 되었습니다. 어릴 적 학교를 갔다 왔을 때, 엄마가 계시지 않으면 집의 텅 빈 것 같은 허전함을 기억합니다. 아이들은 물론이고 남편에게도 아내의 역할은 가정의 분위기를 좌지우지 하게 됩니다. 현명하고 지혜로운 엄마는 아이들을 살리고, 남편을 살립니다.

유머 있고, 긍정적이고, 사랑이 가득한 엄마가 있는 가정은 아이들과 남편이 행복할 수밖에 없습니다. 그런 엄마는 또 긍정적이고 밝고, 사랑이 넘치는 아이들과 남편을 만들기 마련입니다. 엄마가 먼저였습니다. 행복의 선순환은 엄마로부터 시작된다는 것을 알게 되었습니다. 불행 끝 행복 시작, 그것은 엄마가 선택하는 것이었습니다.

6. 벼랑 끝의 희망

세상은 공평합니다. 누구나 태어났으면 죽고, 만났으면 또 헤어지게 되어 있습니다. 젊은 시절이 있고, 나이가 들면서 늙어 가는 걸 막을 수는 없습니다. 내가 세상에 준 것만 받을 수 있다는 원칙도 그 중에 하나입니다.

'나는 어떤 사람인가?'
'나는 무엇을 중요한 가치로 여기는가?'
'인생의 방향은 어디에 있는가?'

선택하고 행동하는 오늘의 내가, 내 삶을 그대로 보여주었습니다. 인류의 오래된 진리인 '너 자신을 알라' 이 한 마디는 결코 단순하지 않았습니다. 내가 얼마나 무지한지, 내가 얼마나 욕심이 많은지, 내가 얼마나 이기적인지, 또 얼마나 나를 속이는지. 나를 알아야 했습니다.

대충 봐주는 것, 행운처럼 그저 얻어지는 것, 그런 것은 없었습니다. 내 생각과 내 마음이 모든 씨앗이 되어 결과를 얻었습니다. 하나씩 알아 가고, 실천하고, 그 변화는 우선 나를 바꿔놓았습니다. '세상에 공짜 없다'의 또 다른 말은 '공든 탑 무너지지 않는다' 였습니다. 마음을 다해, 진심으로 무엇이든 대하면 그대로 나에게 돌아오는 경험을 하게 되었습니다.

당장 오늘 하루만 보더라도, 내가 가진 마음가짐은 내 삶을 유연하고 부드럽게 만들어 주었습니다. 어떤 조건도 바뀐 건 없었습니다. 내 생각, 마음, 내 행동으로 모든 것이 달라지는 경험을 했습니다. 아이들도 저의 한마디에 부드러워졌고, 애쓰는 남편 늦은 귀가에도 "왔어~"하고 맞아주게 되었습니다. 삶에 기름칠을 한 듯 유연해졌다고 할까요. 커피 한잔, 책 한권 들고 베란다에 햇볕만 쬐고 있어도 세상 행복했습니다. 아이들이 다투지 않고, 보드게임을 두 세 시간씩 하는 것을 보게 되었습니다. 마음의 평화가 모든 것을 바꿔놓았습니다.

어떤 잘못을 하더라도 인정하고 변하기를 마음먹으면, 새로운 세상은 너그럽게 열려 있었습니다. 내 관점, 내 마음의 시작이 그렇게 내 삶을 통째로 바꾸고 있었습니다.

아이들과의 관계를 놓친 엄마는 낙제 점수를 받았습니다. 남편도 공동의 책임으로 인생의 가장 큰 위기를 겪었습니다. 벼랑 끝에 선 저희는 아이들을 다시 보았습니다. 엄마가 놓친 건 무엇인지, 형제 관계에서 어떤 실수를 했는지 찾아갔습니다. 그 벼랑의 끝에서 한 줄기 희망을 보며 조금씩 나아갔습니다. 그리고 엄마의 변화에 아이들이 달라져 갔습니다.

큰 아이와 작은 아이에게 엄마와의 일대일 관계를 만들었습니다. 큰 아이는 초등학교에서 배드민턴 선수생활을 하고 있습니다. 버스로 20분쯤 되는, 학교에 다니고 있었습니다. 한 번씩 차로 데려고 올 때면, 둘 만 있게 되는 시간이 있습니다. 아이의 운동과 관련된 이야기, 엄마가 있었던 특별했던 일들을 자연스럽게 이야기하기 시작했습니다.

"숙제했지? 가방 챙겼니? 양치했어?"
그 동안의 점검하는 질문이 아니었습니다.

"오늘 운동은 어땠어? 간식은 뭐 먹었어?"
아이의 일상을 물어보기 시작했습니다. 처음에는 단답형으로 짧은 대화가 이루어졌습니다.

"많이 힘들었겠네. 수고했어."

공감하는 말을 해주기 시작하자, 큰 아이는 어느 듯 수다를 떨고 있었습니다.

"아~ 그래? 진짜? 아~"

들어주기에 집중했습니다.

한 번씩 평가하는 말이 나올 때면, '아차' 하고 반성했습니다. 아이가 친구의 나쁜 점을 말 할 때가 있습니다. 그동안은 그 친구의 입장에서 말해주었습니다. 지금은 아이를 공감해주었습니다.

"진짜 나쁘네, 이상하다, 왜 그랬을까? 맞지?"

형제 관계의 문제 해결 방법을 찾으면서, 잠시라도 아이들을 떼어놓은 것에 대해 생각해 보았습니다. 여러 가지 대안들이 난무할 때였습니다. 남편은 아이 한명씩 데리고 떨어져 살자는 제안까지 했습니다. 말도 안 되는 소리 같지만, 심각하게 고민했습니다.

아이 한 명씩 데리고 떨어져 살 생각을 하니, 막막했습니다. 이렇게 까지 생각하다보니, 정신이 번쩍 들었습니다. 근본적인 방법을 찾아 하나씩 실마리를 풀어보자 마음먹었습니다. 남편도 아이들과 똑 같았습니다. 부부라는 이름으로 공동의 아킬레스건인 자식문제로 마음고생을 했습니다. 동지애 같은 그 무엇이 더 가깝게 묶어 주었습니다. 아픔을 같이 이겨낸 우정이랄까요? 힘들고 지친 마음의 표현 방법을 바꾸었습니다.

"엄마 힘든데~ 먼저 쉴게~"

말하고 잠들었습니다. 아이들은 이해해 주었고, 받아주었습니다.

"재봉씨~ 나 오늘 방전인데~ 애들 좀 챙겨줘~"

요청했습니다. 당연하듯 쉽게 해주었습니다. 그때의 느낌은 행복이었습니다. 아이들과 남편을 인정해 주고, 인정받는 경험을 시작했습니다.

엄마는 무엇이든 가르쳐야 하고, 알려 주어여 한다는 의무감이 있었습니다. 사회속의 도덕을 가르치려다 아이를 보지 못했습니다. 아이를 애정 어린 눈으로 공감하고, 인정하는 말을 시작했습니다. 모든 것이 달라지기 시작했습니다. 저부터 변했으니까요. 아이들은 저를 더 좋은 사람으로 만들고 있었습니다. 그렇게 벼랑 끝에서 한 줄기 희망을 보며 조금씩 걸어 나왔습니다.

제3장

책을 보고 아이를 알다

1. 푸름이 아빠를 만나다

푸름이 교육의 최희수 작가님의 책을 읽게 되었습니다. '배려 깊은 사랑'을 소개하는 육아서였습니다. 형제관계에서 큰아이가 작은아이를 괴롭히고, 싸울 때 나는 왜 이렇게 힘든지 찾아갔습니다. 엄마의 내면에 상처 받은 아이가 있기 때문이었습니다. 사랑 받지 못한 내면아이를 자녀를 통해 알게 되었습니다. 엄마의 분노가 표현 된 것이었습니다. 아이들을 키우면서 화가 날 때, 왜 화가 나는지 관찰하기 시작했습니다. 1남 3녀 중 첫째로, 연년생 여동생이 있습니다. 사랑 받지 못했다고 생각한 적은 없었는데, 엄마를 동생들에게 너무 일찍 내주지 않았을까 하는 생각이 들었습니다. 동생과 싸우지 못한 분노, 엄마를 동생에게 빼앗긴 상처가 있었습니다.

푸름이 아빠의 책은 엄마를 치유하는 책이었습니다. 엄마의 내면을 들여다보고, 위로하고 안아주는 책이었지요. 아이들과 남편에게 화를 내던 죄책감을 내려놓았습니다. 미안한 마음을 고마운 마음으로 받아드렸습니다.

'이런 엄마, 이런 아내 받아줘서 고마워'

그렇게 회복된 엄마는 아이를 있는 그대로 볼 수 있게 되었습니다. 화내고 폭발하는 엄마는 부드럽게 상황을 넘어가는 법을 배워갔습니다.

아이들이 싸우는 건 엄마에게 관심과 사랑을 받으려는 신호로 보게 되었습니다. 큰아이가 작은 아이를 괴롭히고 놀리면, 동생한테 엄마를 뺏긴 상처 받은 아이로 보았습니다. 이 작은 변화는 상황을 전혀 다르게 해석 해주었습니다. 그럴수록 큰 아이를 더 신경 써 주었습니다.

'지원이한테 더 관심 가지고, 사랑을 표현해야겠구나.'

그렇게 큰 아이와 눈 맞추고, 들어주다 보면 상황은 시시하게 종료 되었습니다. 큰 아이를 다르게 보게 되자, 사랑스러운 아이 자체로 보이기 시작했습니다. 엄마의 시선은 아이의 눈빛과 행동을 보게 되었습니다. 반짝반짝 빛나는 사랑 가득한 존재였습니다. 돌봐 주어야 하는 아이에서, 함께 크는 아기로. 마음의 상처를 인정하고, 보기 시작하자 다르게 보였습니다. 가식 없이 진심으로 다가가기. 아이들을 통해 시작하게 되었습니다.

아픔의 시간은 오래 걸렸지만, 깨달음은 한순간이었습니다. 작은 변화는 가족을 달라지게 했습니다. 일상의 변화는 시작되고 있었습니다. 푸름이 아빠의 '배려 깊은 사랑'은 말은 쉬웠지만, 행동하기는 결코 쉽지 않았습니다. 말과 행동뿐만 아니라, 엄마의 눈빛 속마음까지도 상처가 될 수 있다는 것이었습니다. 엄마가 '괜찮아'라고 말하면서 눈빛과 속마음은 '안 돼'라고 생각한다는 것을 안다는 것이었습니다.

'진심이 아니면 되지 않는구나. 척하는 건 나를 속일 뿐이구나.'

마음에서 우러나오는 공감, 이해, 사랑을 해야 했습니다. 그렇게 느끼고, 표현해야만 된다는 것입니다. 세상에 정말 공짜 없었지요. 솔직해지려고 노력했습니다. 힘든 것도 아픈 것도 좋은 것도 기쁜 것도, 모두 솔직하게 표현하기로 했습니다. 있는 그대로 표현하자, 문제는 더 이상 문제가 되지 않았습니다.

엄마의 내면 아이를 발견하고, 아이들을 진정으로 배려해 주는 엄마가 되기 위해 한 발씩 나아가기 시작했습니다. 하루하루가 연습의 연속이었고, 실험의 장이었습니다. 어떤 날은 만족되는 기쁨을 누리고, 또 어떤 날은 좌절하기를 반복했습니다. 제자리에 머물고 있지 않았습니다. 푸름이 교육의 '배려 깊은 사랑'을 통해 진정 사랑하는 법을 배워가고 있었습니다. 평소에는 화를 내는 상황이지만 화를 내지 않게 되었습니다. 작은 것들에 자주 웃고, 긍정적인 피드백을 해주었습니다. 그 과정에서 스스로가 먼저 좋았습니다.

'그동안 내가 나를 사랑하지 않았구나.'

똑같은 상황을 어떻게 받아 드리는가에 따라, 상황은 완전히 달라졌습니다. 나에게 이루어지는 일들은 내가 해석하기 나름이었습니다. 그렇게 아이들과 부드럽고 달콤한 일상이 가능해졌습니다. 엄마의 마음 성장은 아이들과 가정의 분위기를 바꿔 놓았습니다. 아이들도 유연해졌고, 편안함을 느꼈습니다.

학교생활과 공부에 크게 스트레스 받지 않았고, 친구들과도 잘지냈습니다. 숙제를 봐주지 않아도 스스로 하고, 모르는 게 있으면 물어보았습니다. 큰 아이는 같이 운동하는 친구들과 오랜 시간을 보냅니다. 보통 친구들보다 더 각별합니다. 한 번씩 장거리대회를 가게 되면 일주일씩 숙박을 같이 합니다.

"엄마, 이번 주에 친구들 우리 집에 놀러 와도 돼? 한 밤 자고 가도 되지?"

친구들과 밤새 노는 모습은 엠티를 온 듯이 즐겁습니다. 엄마는 먹거리만 챙겨주면 됩니다. 친구들을 저렇게 좋아하는 걸 보면, '이제 내 손에서 조금씩 벗어나려나 보다' 생각도 듭니다. 애틋하고 대견스러운 마음이 함께 있습니다. 저도 친구가 참 좋았던시절이 기억납니다. 친구들을 집에 데리고 오면 친정엄마가 반겨주었던 그 기억이 겹쳐집니다.

'아, 내 아이의 친구는 또 내 아이 같구나. 우리 지원이의 친구가
되어 줘서 고맙다'

그렇게 아이는 엄마와 함께 크고 있습니다.

책은 새로운 세상을 열어주었습니다. 누구도 대답해 주지 않던,
많은 질문들에 하나씩 답해주었습니다. 그 변화의 시작은 나로
부터이고, 저의 생각과 마음이 모든 것을 결정하는 것이었습니
다. 책은 그것을 가능하게 했습니다. 머리를 치고 가슴을 치는
문장들을 만나면서 엄마는 달라지고 있었습니다.

2. 당신의 아이는 천재다

'마당을 나온 암탉'으로 유명한 황선미 작가님의 '나쁜 어린이 표'라는 동화책이 있습니다. 학교에서 선생님과의 약속을 어기 거나, 나쁜 행동을 하면 선생님이 '나쁜 어린이표'를 줍니다. 동 화는 아이의 입장에서 풀어 가며, 선생님과의 갈등을 흥미롭게 보여줍니다.

'나쁜 아이, 착한 아이가 있을까요?'
'어떤 아이가 나쁜 아이고, 어떤 아이가 착한 아이일까요?'
아이들의 눈으로 보면, '나쁜 선생님표' '나쁜 엄마표'를 얼마 든지 받을 수 있을 것 같습니다.

'꿈꾸는 다락방'으로 이지성 작가님을 알게 되었습니다. 이지 성 작가님의 다른 책도 읽게 되었습니다. '당신의 아이는 천재 다'를 만나게 되었습니다. 아이를 키우는 엄마들이 자기 아이를 보며, '우리 아이 천재 같은데.' 라는 생각을 한 번씩 하게 됩니다. 누워만 있던 아이가 뒤집고, 한발씩 걸음마를 하고, '엄마' 하고 말을 시작했죠. 큰 아이도 백일쯤 되니, 먹고 잘 때 말고는 한쪽 팔을 옆으로 깔고 뒤집으려고 안간힘을 썼습니다. 온종일 뒤집기에만 힘을 쓰더니, 결국 뒤집기를 성공하더라고요. 얼마나 기특한지 지금도 생생합니다.

여섯 무렵에는 공룡에 빠져 하루 종일 공룡 책보고, 공룡 모형 가지고 놀았습니다. 사진만 봐도 이름이 긴 공룡 이름들을 알았습니다. 더 신기한건 동화책에 공룡 이름을 보고 '티라노사우루스' 라고 글을 읽었습니다. 글자를 그림처럼 인식하고 통으로 외워 읽는 것이었습니다.

'모든 아이들은 천재로 태어난다.' 동의합니다. 어른인 엄마는 보호라는 이름으로 가르치려 합니다. '아이에게 가르칠 것은 하나도 없다' 그렇습니다. 내가 아는 것, 세상을 조금 먼저 살면서 알게 된 것, 가르치지 않아도 아이는 알고 있었습니다. 오히려 엄마가 아이에게 배울 것이 더 많았지요. 사랑하는 법, 웃는 법, 노는 법, 모든 것을 더 잘 합니다. 천재로 태어난 아이, 세상에 길들여진 엄마가 가르치려 하니 힘들었습니다. 엄마가 아이에게 배우겠다, 마음먹으니 같이 행복해졌습니다.

우주의 사랑을 가득 담고 태어난 아이들, '더 이상 제가 가르치지 않겠다.' 다짐했습니다. 아이에게 묻고, 이야기 하며 함께 웃을 수 있었습니다. 아이들과의 대화는 '엄마보다 낫다'를 인정하게 했습니다. 육아도 편안해졌습니다.

'부족한 엄마 잘 가르쳐줘'

작은 아이는 엄마를 잘 안아줍니다. 학교 갈 때도 "갔다 올게" 하고 꼭 인사를 하고 갑니다. 어쩌다 제가 못 들으면, 대답 할 때까지 몇 번을 인사 합니다. "그래, 잘 갔다 와" 하고 말해주면 그때서야 갑니다. 남편에게 "잘 갔다 와" 라고 말해줍니다. 아들에게 배운 쉽고 어려웠던 아침 인사법입니다.

열 살이 넘었는데도 잘 때면, 엄마 아빠에게 재워달라고 합니다. 이야기를 해달라고 하는데 '어릴 적 이야기'가 단골손님입니다. 엄마 말을 스캔하듯이 기억합니다. 했던 이야기 또 해도 좋아합니다. 사랑을 확인합니다.

"나 어릴 때 어땠어?"

자기의 스토리를 알고 싶어 합니다. 손깍지를 끼고, 다리를 올리고, 팔을 비비며 스킨십을 합니다. 엄마도 그렇게 아이들의 사랑을 받습니다. 아이들에게 배워 쓰다듬어 주고, 안아주고, 다리를 살짝 올리기도 합니다. 어른이 되어 기억하지 못하는 것들을 아이들을 통해 알게 됩니다.

'가족은 이렇게 살 부비며 사는 거구나'

남편에게 또 써 먹습니다. 슬쩍 다리를 올리고, 손도 잡아봅니다. 사랑이 전해집니다. 가르치려는 것을 놓자, 평화로워졌습니다. 알지도 못하는 것을 가르치려고 했으니, 힘들 수밖에 없었습니다. 배우려고 하니, 행복해졌습니다. 아이들의 타고난 것들을 지켜 주고 싶었습니다. 언제나 아이처럼 웃고, 놀 수 있기를 기대합니다. 엄마도 지금부터 시작합니다. 아이처럼 사는 인생을 꿈꿔봅니다. 함께 행복한 꿈을.

아이들을 보는 관점의 변화, 이미 천재성을 가지고 태어난 아이를 두고 안달복달 할 필요가 없었습니다. 오히려 억지로 뭘 한다는 게 아이를 망칠 수 있다는 것을 알게 되자 마음이 편안해졌습니다. 아이들의 눈높이에서 맞춰 인정해 주고 감탄했습니다. 배우려고 했습니다. 그런 아이들을 통해 자신에 대해 생각해 보게 되었습니다. 스스로를 돌보며, 엄마의 자존감을 키우는 노력이 필요했습니다. 겉으로 드러나는 외부를 가꾸는 것도 기분을 좋게 만들게 했습니다.

좋은 책을 읽고 마음이 편안해지는 것도 엄마의 자존감을 높여 주었습니다. 아이들뿐만 아니라 '엄마의 천재성'도 발견할 수 있다는 것을 알게 되었습니다. 자신을 긍정하고 사랑하면서 잊고 있었던 것을 찾으려는 노력을 시작했습니다. 감사 일기를 쓰고, 혼자만의 시간을 가지며 커피 명상도 했습니다. 건강을 위해 매일 산책도 일상에 넣었습니다. 좋은 에너지로 가득 찬 날은 평화로웠습니다. 알 수 없는 충만함과 행복감이 빛나는 태양과 함게 반짝거렸습니다. 저도 모르게 '감사합니다.' 말을 하게 되었습니다. 변화된 엄마의 하루는 아이들에게 고스란히 전해졌습니다. 밝게 웃는 얼굴로 아이들을 맞아주었습니다. 애교 있는 말도 자연스럽게 나왔습니다.

"학교 잘 갔다 왔어? 우쭈쭈쯔, 엄마랑 산책 갈까?"

자연스럽게 볼에 뽀뽀도 하고, 안아주었습니다. 아이들은 힘들고 귀찮은 존재가 아니었습니다. 엄마와 함께 즐겁고 행복하려고 온 존재들이었습니다. 엄마와 함께 성장하려고 온 예쁘고 귀한 존재로 받아드려졌습니다.

3. 엄마 공부 시작

육아의 어려움 속에서 방황했습니다. 몰랐던 저를 보게 되었습니다. 무엇을 어떻게 해야 하는지 속 시원하게 알려주는 사람은 없었습니다. 법륜 스님의 '스님의 주례사'를 읽으며 마음의 위안을 얻었습니다. 결혼도 안하신 스님의 말씀은 한 줄 한 줄, '괜찮다. 다 안다' 하시는 듯 따뜻한 위로를 주었습니다. 다양한 육아서를 읽으며, 방법을 찾으려고 했습니다.

그렇게 시작된 엄마 공부는 조금 더 '좋은 엄마, 좋은 사람'으로 변하고 싶다는 마음이었습니다.

'좋은 엄마는 이럴 때 어떻게 할까? 좋은 엄마는 아이들을 어떻게 키울까?'

찾고, 배우고, 실천하기를 시작했습니다. 지금 현재 '있는 그대로 인정하는 것' 부터였습니다. 엄마의 부족한 거, 성격 급한 거, 화 잘 내는 것, 금방 피곤해 지는 것, 다 인정했습니다. 아이들에게 알려 주기만 해도 한결 편안해졌습니다. 아이들은 이해하며 받아주었습니다.

"엄마, 나 건담가지고 좀 놀다가 씻으면 안 돼?"
"알겠어. 오케이"

아이는 기분 좋게 놀았습니다.

"이제 씻을게"

일상은 이토록 작은 선택으로 아이들과의 관계를 바꿔놓았습니다. 절로 미소가 지어졌습니다. 이토록 고마울 수가. 깨닫게 되었습니다.

부모교육 강의를 들으러 가면 많은 엄마들이 오십니다.

"어떻게 하면 아이들이 책을 잘 볼까요?"
"독서 습관이 중요하다던데, 게임만 해요"

우리 아이들도 책을 많이 읽지는 않았습니다. 만화책 좋아하고, 초등 저학년 읽기 책 정도만 보았습니다. 책은 저희 집에서, 제가 제일 많이 보았습니다. 저만 읽고, 아이들 책읽기는 소홀했습니다. 다른 엄마들처럼 아이들한테 신경 안 쓰고, 저만 읽었더라고요.

'왜 그랬을까?'

책읽기는 위로였습니다. 아이들을 키우면서 힘들고 지친 저를 위한 최고의 방침으로 시작했습니다. 변하는 저를 느꼈고, 독서의 치유 효과를 몸 써 느꼈습니다. 아이들에게도 권하고 싶어졌습니다.

'엄마도 힘들고, 답을 찾지 못했을 때 책에서 위로 받고, 답을 찾았어. 이렇게 좋은 거 너희들에게도 주고 싶어.'

책은 변화를 동반하고 왔습니다. 위로와 휴식이 일차적 혜택이었습니다. 변화는 두 번째 수해였습니다. 아이를 대하는 마음가짐이 달라지니, 예쁜 모습만 보였습니다. 노래를 흥얼거리며 노는 아이를 발견했습니다.

"우리 지원이 기분이 좋네."
같이 노래가 흥얼거려졌습니다.

"우리 엄마는 책을 좋아해요."

왠지 칭찬받은 기분입니다. '책을 보고 공부하는 엄마'의 모습을 보여주는 것이 좋았습니다. 사람들과의 관계를 중요하게 여기게 되었습니다. 오늘 지금 내가 만나는 사람들은 신이 나에게 보내준 선물이라고 생각했습니다. 집을 청소하고, 방을 정리하며, 불필요한 물건들을 버렸습니다.

마흔이 되어, 공부하는 재미를 알게 되었습니다. 힘든 시기에 찾은 책이라는 도구를 알게 되었습니다. 지금은 제일 좋은 것이 책이 되었습니다. 공부를 할수록 자신에 대해 알아갑니다. 저를 발견하고, 하고 싶은 것을 선택하는 것보다 더 큰 행복은 없었습니다. 스스로 깨닫게 되는 만족은 그 어떤 것과도 비교할 수 없었습니다.

책읽기를 하면서 책은 꼬리에 꼬리를 물고, 읽고 싶은 책들을 보여주었습니다. 한 권의 책 속에는 작가가 인용하는 도서와 추천 도서들이 가득합니다. 책에서 책을 찾아 읽기를 놓지 않았습니다. 좋은 책을 만나는 날에는 행복감과 만족감에 감사하는 마음이 절로 생겼습니다. 책에는 미션이 있습니다. 지금 당장 실천할 것들이 무수히 널려 있습니다. 좋은 것을 따라 해보고, 권하는 것을 해보았습니다.

책 속의 책에서 '함께 읽기'로 독서모임에 참석하라는 것을 보았습니다. 함께 읽기는 혼자 책을 읽는 것의 한계를 뛰어넘어 타인의 생각을 들을 수 있었습니다. 독서모임을 찾아 용기 내어 가게 되었습니다. 그 한 발은 새로운 문으로 들어가는 길이었습니다. 3년 전 우연히 찾은 독서모임을 한 번도 빠지지 않고, 다녔습니다. 올해 2월 코로나로 독서모임이 전면 중단되는 시기, 소모임 철학독서모임으로 이어나갔습니다. 여러 사람을 만날 수 있는 기존 모임보다 깊이 있는 책읽기를 했습니다. 코로나로 모든 것이 올 스톱 된 상태에서 그리스로마 신화와, 호메로스의 일리아스와 오딧세이아를 읽어 갔습니다. 플라톤과 아리스토텔레스에 이어, 니체를 만나고 있습니다. 엄마의 독서는 매 순간 성장하고 있습니다.

독서모임은 책을 읽는 사람을 만날 수 있는 곳이기도 했습니다. '초심자의 행운' 처럼 첫 모임날, 진심으로 반겨주는 좋은 선배님을 만나게 되었습니다. 두 번째가 두렵지 않았고, 지금까지 좋은 인연으로 만나고 있습니다. 참 멋진 선배님들을 보게 되었습니다.

'나도 저렇게 되고 싶다. 독서로 아이들과 수업을 할 수 있을까?' 평생 교사로 살아왔습니다. 어린이집의 애기들이었지만, 아이들과 함께 하는 것이 낯설지 않았습니다.

'내가 좋아하는 책으로 아이들과 나눌 수 있다면 얼마나 좋을까?'

참 부러웠습니다. 그렇게 책읽기, 글쓰기 선생님으로 옷을 갈아입었습니다.

4. 매일이 배움의 장

책을 읽으며 매일 나아가고, 멈추고, 나아가기를 반복하게 되었습니다. 오늘 읽은 책 속의 한 줄은 바로 실천해 보는 실험의 장이 되었습니다.

'성공하려면 내 방 정리부터 해야 된다고?'

지금 있는 곳을 둘러보기 시작했습니다. 청소를 하고, 정리를 하고, 버리기를 바로 실천했습니다. 그 한 문장이 내 생활이 되기까지 계속 했습니다. 내 공간이 조금씩 좋아지기 시작했습니다. 있어야 할 곳에 물건을 두었습니다. 물건을 찾고, 두는 것에 에너지를 쓰지 않아도 되었습니다. 그것만으로도 생활은 큰 변화를 가져왔습니다. 평당 2000만원씩 하는 고급 아파트도 부럽지 않았습니다. 30년이 넘은 주택 2층, 새 것이라고는 찾아보기 어려운 집입니다. 베란다 낡은 벤치에서 따뜻한 커피를 마시며, 하천으로 물 흐르는 소리, 새소리를 듣습니다. 지나가는 사람들도 보입니다. 햇빛은 부드럽고, 바람은 촉촉합니다. 내가 머무는 이곳이 참 마음에 드는 곳이 되었습니다.

'매일 산책하며, 사색하라고?'

참 마음에 드는 문장입니다. 산책과 사색. 하루 한 시간 산책 할 시간을 계획했습니다. 업무시간을 제외한 시간에 중요한 계획으로 넣어두었습니다. 그렇게 중요일정으로 걷기를 시작했습니다. 같은 곳을 계속 걷는 것 보다, 볼거리가 있는 길을 좋아합니다. 사람, 건물, 상가들을 구경하며 걷기를 즐깁니다. 익숙한 곳, 때로는 낯선 커피숍을 들리는 재미도 있습니다. 그곳에는 상상하지 못했던 만남이 있고, 새로운 경험이 있습니다. 보물찾기를 하듯 발견하곤 합니다. 그런 일상의 발견은 그 어떤 것보다도 소중하게 느껴집니다.

주말이면 아이들을 데리고 가기도 합니다. 남편에게도 "산책 갈래?" 하고 물어봅니다. 대부분 따라 나섭니다. (같이 갈 것 같을 때만 물어보기 때문이기도 합니다.) 같이 걸으면, 또 예상하지 못했던 이야기를 하게 됩니다. 민망한 생각이나, 느낌 같은 말들입니다. 그러면서 문득 생각합니다.

'내 감정과 느낌을 어디까지 드러낼 수 있을까?'
나도 몰랐던 내 마음을 솔직하게 이야기 합니다. 이야기를 하다

보면 미처 생각지도 못한 말들도 하게 됩니다.

'내가 이런 생각까지 했었나?'

복잡했던 일들이 정리가 되기도 하고, 나름의 결론을 내리기도 합니다. 말하다 보니, 알게 되는 것들이 있었습니다. 남편은 들어주는 사람이었습니다. 그 어렵다는 들어주기를. 그 길이 좋고, 즐겁습니다. 일상은 단조로움 대신 풍요로워집니다. 이 작은 시작이 말입니다.

'아이들에게 이 책을 읽히고 싶은데 어떻게 해보지?'
'대놓고 읽으라고 하기보다, 은근히 읽게 하는 방법은 없을까?'

우리 집 남자 형제는 보상에 쉽게 반응하는 아이들입니다. 읽은 책에 자기 책이라고, 이름 스티커 붙이기를 붙이게 했습니다. 다 읽었다는 성취감을 주고 싶었습니다. 보상으로 읽은 책 원고지 한 장 감상문 쓰면 용돈 주기도 해보았습니다. 어차피 줘야 할 용돈, 어떻게든 아이들에게 들어가는 돈입니다. 이런 방법들이 아직도 먹힌다는 게 참 고맙습니다.

"엄마는 읽어 보니까 재밌던데, 넌 어땠어?"
아닌 척 확인도 해봅니다.

"오~맞아. 그 부분 이렇게 되었잖아. 엄마는 이 부분이 참 인상

적이더라."

어느덧 독서토론이 됩니다. 자연스러운 것, 자연스러워지기 위한 과정입니다. 일상은 마음먹으면 실천하는 배움의 장이 되었습니다. 그냥 좋은 거 따라 해 보았습니다. 해보고 아님 말고, 내스타일로 맞춰갔습니다. 배움의 장이 되는 하루는 즐거움과 기쁨을 주었습니다. 내가 나를 더 좋아하게 되었습니다. 그 결과는 언제나 성장이었습니다.

그 과정에서 필요했던 것은 시작하는 용기, 저질러 보는 용감함이었습니다. 처음에 머뭇거렸던 시간들이 점점 짧아졌습니다. 이것 또한 두려움을 내려놓는 과정이었습니다.

'손해 볼 거 없어. 밑져야 본전이야. 그냥 해봐.'

이 세상에 태어난 것이 어쩌면 손해 볼 것도 없고, 잃을 것도 없는 삶인지도 모릅니다. 내 안에 갇혀서 보지 못했던 것들과 알 수 없는 두려움을 이겨냈습니다. 세상은 온통 긍정이고, 자유로움입니다. 시도하고 실망하기도 하고, 아쉬움도 느낍니다. 해 본 것은 해보지 않은 것과는 달랐습니다. 그래서 모든 경험은 축복이 되나 봅니다. 과거의 아픔과 상처가 신의 또 다른 선물이기도 합니다. 삶은 가능성, 어떤 것도 가능한 것으로 이해했습니다. 세상은 나의 배움의 장소입니다.

5. 문제는 아이가 아니라 엄마라는 대원칙

육아 관련 도서를 읽다보면 아이들이 문제 행동을 엄마의 양육 방식에서 찾곤 합니다. 엄마를 탓 하는 게 아닙니다. 열쇠를 엄마가 쥐고 있다는 것을 말합니다.

"우리 아이는 성향이 이래서, 저랑 안 맞아요."
"아들이라 힘들어요."

아들 둘을 연년생으로 낳았다는 핑계를 한참이나 했습니다. 에너지 넘치는 남자 아이가 저랑 맞지 않다고 생각했습니다. 아이들의 행동을 이해하지 못하고, 원하는 대로 변하기를 바랐습니다. 엄마 말 잘 듣는 아이 말입니다.

혼도 내보고, 벌도 세웠습니다. 엄마가 힘든 것 이상, 아이들이 힘들었을 시간입니다. 그 시간에 갇히자 다른 것은 보지 못했습니다. 시간이 지나면서 '이건 정말 아니잖아' 생각하게 되었습니다. 책을 읽고, 다르게 보기를 시작했습니다. 자기개발서, 에세이, 소설 종류에 상관없이 적용했습니다.

두려움과 공포, 화, 부정적인 감정이 엄마의 것이라는 것을 알게 되었습니다. 나의 두려움과 공포가 아이의 행동에 비쳐졌습니다. 몰랐습니다. 제 안에 그토록 많은 부정적인 감정들이 있다는 것을. 그동안 꽁꽁 숨겨두었던 감정들이 수면 위로 올라온 것이었습니다. 내 잘못으로 아이가 다치면 어쩌나 하는 두려움, 규칙에 어긋나는 것에 대한 공포, 상처받은 내면에서 표현되는 화. 모든 것이 저의 것이었습니다. 알아차리면, 컨트롤 할 수 있다는 것이었습니다.

'내가 지금 두렵구나, 화가 나구나, 이런 것을 싫어하구나'
'괜찮아, 아무것도 아니야, 천천히 다시 생각해봐'

상황을 객관적으로 보려는 연습을 했습니다. 태연한척 하니, 태연해졌습니다. 아이는 온갖 감정의 최대치를 표현하는 능력이 있습니다. 슬픔도, 기쁨도 온 몸을 사용해 보여줍니다. 몇 시간씩 울기도 하고, 깔깔대며 넘어가듯이 웃기도 합니다. 엄마는 아이의 감정 표현이 왜 불편했을까요?

작은 아이가 학교 방과 후 과학교실에서 햄스터를 가져왔습니다. 선생님께 전화가 왔습니다.

"지우가 키우고 싶다고 하는데, 보내도 될까요?"

집에 가져와서 엄지손가락만한 애를 손에 올려놓고, 애기 보듯이 했습니다. 자기 용돈으로 집이랑 먹이도 사주었습니다.

"엄마, 햄쿡이 하루 종일 혼자 있으면 심심하니까, 데리고 가 있어"

학교 가면서 맡기도 갔습니다. 거실 바닥에 둔 걸 보려고, 항상 몸을 엎드려서 보았습니다.

"잘 놀고 있었져~ 쯔쯔쯧, 착해라. 목말라 물 먹어~"

꺼내서 놀아주었습니다. 멀리 나갈 때면 꼭 데리고 다녔습니다.

"아빠, 차 흔들리면 햄쿡이 스트레스 받아요. 천천히 가세요."

진짜 엄마가 따로 없습니다. 그 햄스터가 죽은 날을 기억합니다. 아이가 발견했습니다.

"엄마~"

소리치던 날이 생생합니다.
"입이 이상해"

울부짖었습니다. 손바닥 위에 올려놓고, 한 시간쯤 울었습니다.

'저걸 어쩌나'

저는 그 정도였지만, 아이는 달랐습니다. 밤에 잠도 못자고, 울면서 잠들었습니다. 꼬박 하루를 그대로 두더니, 텃밭에 묻어준다고 했습니다. 손에 올려놓고, 눈을 한번 보더니 땅에 넣어주었습니다. 엉엉 같이 울며 보내주었습니다. 그렇게 시간이 지나면서 잊었습니다. 거실 바닥에서 누워서 놀던 아이가 가만히 있었습니다.

"지우야, 뭐해?"

햄스터가 먹던 해라바기 씨를 손바닥에 올려놓고 울고 있었습니다. 감히 이 아이의 슬픔을 얼마나 알 수 있을까 생각했습니다. '자기 아기' 같은 존재였을 겁니다. 슬픈 감정 표현하는 것에 두려움 없이 받아줬습니다.

"지우야, 너무 많이 울면 머리 아파"

저는 제 아이가 걱정됩니다.
이사를 가게 될 계획을 잡고 있을 때, 이모가 물었습니다.

"새집으로 이사 가면 좋겠네."

작은 아이가 반반이라고 했다고 합니다. 새집으로 가는 건 좋기도 하지만, 햄쿡이를 묻어준 곳이 여기 있다는 것입니다. 아이의 마음에 눈물이 납니다.

'매일 오가며 마당 한쪽에 묻어둔 자기 햄스터를 보고 있었구나, 그랬구나.'

놀다가 정말 깔깔 넘어가게 웃을 때가 있습니다. 아무것도 아닌데 말입니다. 실없는 장난 같기도 하고, 지나치면 문제가 되지 않을까 걱정이 되었습니다.

"그만해~그러다 다쳐"

중재를 하는 것이 엄마의 본능이었습니다. 지금 즐겁게 잘 놀고 있는데 말이죠. 알아차리니, 저도 같이 웃게 됩니다.

아이들이 어릴 땐 어쩜 그렇게 위험한 행동을 하는지. 집 안에서도, 밖에서도 엄마의 공포는 가득합니다. 학습된 공포였습니다. 찻길에서 나는 사고, 떨어지는 사고, 찢어지는 사고. 공포의 표현은 화였습니다.

"엄마 화났어." (엄마 두려워)

아이들이 하는 행동들을 그대로 받아줬습니다. 넘어져서 긁혀

오는 일은 허다했습니다.

'안 죽으면 됐어'

인정해 주었습니다. 호들갑 떨기를 멈추었습니다. 한결 편해졌습니다. 오늘도 살아서, 같이 울고 웃으니 감사했습니다.

6. 엄마의 사랑은 본능, 아이의 사랑은 초우주적

"나 얼마만큼 사랑해?"
"하늘만큼, 땅만큼"
"아니, 우주만큼"

하늘과 땅, 우주를 넣어 사랑의 크기를 표현합니다. 엄마의 사랑은 '본능'이라고 말합니다. 아이를 낳고 키우면서, 지금까지 받아 보지 못한 '초우주적' 사랑을 받고 있습니다. 존재 자체가 사랑이라는 것을 깨닫게 되었습니다.

아이를 낳으면 그냥 크는 줄 알았나 봅니다. 밤중에 자다가, 수유를 했습니다. 신생아 때는 적게 먹고, 자주 먹습니다. 졸면서 젖을 먹이고, 반쯤 깨어 있었습니다.

'잠 한번 푹 자봤으면, 소원이 없겠다.'

내 배 속에서 열 달을 있다가 나온, 아이입니다. 밤잠을 푹 자줬으면 했습니다. 낮에 자고, 밤에 놀 때도 있습니다. 체력이 바닥이 나고 자고 싶은데, 아이는 안잡니다. 짜증이 납니다. 안아주는 손이 곱지 않았습니다. 나한테는 자식에 대한 사랑의 '본능'이 있기는 하나 싶었습니다.

"엄마, 지원이 자면서 웃는데, 좋은 꿈 꾸나봐."

친정엄마에게 신기하듯 말했습니다. 한 달도 안 된 아이가 자면서 웃습니다. 배냇 웃음이라고 합니다. 뱃속에서부터 웃나 봅니다. 같이 웃게 되었습니다. 수유를 할 때면 엄마 눈에 시선을 고정합니다. 가슴에 손을 올려놓고, 있는 힘을 다해 젖을 빨아 먹습니다.

"맛있어? 많이 먹어, 아이 예뻐"

말을 알아듣는 것처럼, 또 웃습니다. 배부르게 먹고, 눕혀 놓으면 모빌을 만지려고 팔운동을 합니다. 열심히 합니다. 그러다 잠이 오면, 엄마에게 신호를 보냅니다.

'안아주세요, 졸려요.'
'졸려요' 모드의 울음으로 표현합니다. 태어나는 순간 아이는 자라기를 멈추지 않습니다. 엄마에게 도움을 요청하고, 웃으며 관계를 맺습니다.

남편이 늦게 귀가했습니다. 흔들거리며, 술 냄새를 풍깁니다. 다 좋은데, 딱 싫어하는 모습입니다. 목소리가 커졌습니다.

"도대체 지금 몇 시야? 적당히 먹고 들어오면 안 돼?"
짜증이 묻어있습니다.

"일 한다고 늦고, 술 마신다고 늦고, 일찍 들어오는 날은 언제인데"

가정에 소홀하다는 서운한 마음입니다. 몇 마디 더 하고서야, 아이들 방으로 갑니다. 아이들도 아직 못자고 있습니다.

"불 끄고 얼른 누워"
"엄마, 아빠랑 싸우지 마, 화해해"
열세 살이 된 큰 아이입니다.

"싸움은 무슨, 엄마가 아빠 늦게 와서 혼낸 거지"
"엄마~~화해해, 싸우지 마~"

아빠랑 화해해, 엄마 아빠가 사이좋게 지내기를 바라는 아이의 마음이 전해졌습니다. 마음이 풀렸습니다. 아이들은 사랑하고, 이해하라고 가르칩니다.

"알았다."

작은 아이는 성향이 온순합니다. 어쩌다 한 번 틀어지면 오래가지만요. 남편은 꼼꼼하고, 정확합니다. 작은 아이와 자주 부딪쳤습니다. 세상에서 제일 좋은 건 엄마, 아빠는 다섯 번째 정도였습니다.

"숙제 했니? 가져와 봐. 글자 다시 써"

무서운 선생님 같습니다. 시무룩해집니다. 저 같으면 말도 안 할 거 같습니다.

'많이 알면 다야, 치사하다. 안하고 말지.'
그런데 아이는 숙제 검사가 끝나면, 아빠랑 놀자고 합니다.

"아빠, 보드 게임 할래요?"

남편의 사랑은 권위적으로 보입니다. 사랑은 전해지는 걸까요? 아이들은 알고 있었습니다. 우리 아빠니까, 좋아합니다.

"지우야, 엄마가 젤 좋다더니, 아빠도 좋아하네."
아이는 예쁜 미소를 짓습니다.

"엄마, 지우가 아빠 좋아하는 것 같아서 샘내는 거야?"

큰 아이가 장난을 칩니다. 아이들은 한없이 부모를 사랑합니다.

무조건 인정하고, 받아줍니다. 엄마 아빠가 웃는 것을 좋아합니다. 같이 웃고 놀고 싶어 합니다. 작은 손짓하나에도 사랑이 묻어 있습니다. 엄마는 사랑을 받습니다. 받기만 하면 됩니다. 받을 준비가 되어 있어야 합니다. 사랑의 존재에 대해 깨닫고 있어야 받을 수 있습니다. 우주의 사랑에너지가 가득합니다. 우주의 기운이 우리 집에 둘이나 있습니다. 사랑으로 가득합니다.

7. 사랑은 선택이다

'게리 채프먼'의 '5가지 사랑의 언어'를 보면, 사람들은 5가지 사랑의 언어를 사용한다고 합니다. 인정하는 말, 함께하는 시간, 선물, 봉사, 스킨십입니다. 각자 자기만의 사랑의 언어가 있다는 것입니다. 큰 아이는 가지고 싶은 것이 참 많습니다. '욕심이 많다'라고 생각했습니다. '선물'이 제 1의 사랑의 언어인 아이였습니다. 필요한 것을 사주면, 행복해 합니다. 매일 샘 쏟듯이 요구합니다. 꼭 자기 물건이 아니라도, 뭔가를 필요로 합니다.

"엄마, 우리 집 로봇청소기 있어야 하지 않을까?"
"가스레인지 새로 사야할 꺼 같아"

무엇이든 찾아냅니다. 보고 싶은 만화책, 학용품, 옷, 아빠 차마저도……. 작은 아이는 '함께 하는 시간'이 제 1의 사랑의 언어입니다. 무엇이든 같이 하는 것을 좋아합니다. 시간을 함께 한다는 것이 사랑이라는 것은, 알수록 진리입니다. 같이 산책을 가고, 마트를 가고, 게임을 하는 것에 즐거워합니다.

"아빠 축구 할래요?"
"엄마 같이 누워있자"

애교 많은 작은 아들이라 생각했습니다. 자기만의 사랑의 표현이었습니다.

'사랑은 배우고 익혀야 할 기술이다'
ㅡ에리히 프롬ㅡ

사랑에도 기술이 있다니요. 세상에 쉬운 건 없습니다. 아이들을 키우면서 사랑하는 기술을 배웁니다. 때로는 '선물'로, 때로는 '함께하는 시간'으로. 인정하는 말과 스킨십의 사랑을 연습했습니다.

"오늘도 수고 했네"
"벌써 숙제 다 했어? 대단한데"
"와, 지우가 만든 건담 진짜 멋지다. 엄마는 이런 거 못하는데"

아이들의 눈을 맞추고, 이야기 해주었습니다. 진심을 담아, 사랑으로 말하기를 연습했습니다. 기술은 연습할수록 늘었습니다. 자연스럽게 일상이 되었습니다. 안아주고, 손을 잡았습니다. 시도 때도 없이 뽀뽀를 요구합니다. 아직까지는 잘 해주니, 감사합니다.

남편은 '인정하는 말'의 사랑의 언어를 가졌습니다. 매사에 꼼꼼하고 자기 일에 최선을 다하는 사람입니다. 사무실에서 있었던 이야기를 합니다. 들어주며 한마디씩 해줍니다. 신나서 더 이야기를 합니다.

"인사이동 발표가 났는데, 계장님과 밑에 직원이 다 바뀌는데, 어쩌지?"

"메인 멤버 나두고, 다 바꿨나 보네. 사무실에 자기만 있으면 되나 보다."

'당신은 최고야'를 진심으로 말합니다.

저의 사랑의 언어는 '봉사'입니다. 일을 도와주면 좋아했습니다. 그런 면에서 남편은 맞춤형이 맞습니다. 집안일을 함께 하는 것을 당연하게 생각합니다. 설거지, 청소, 빨래 등 결혼하고 처음부터 같이 하는 것이 자연스러웠습니다. 의식하고 있지는 않았지만 그런 점에서 사랑을 느끼고 있었나 봅니다. 이벤트나 선물에는 연연해하지 않았습니다. 이 사람이 잘 하는 것만 보고, 못하는 것은 욕심내지 않았습니다. 부부도 함께 하는 시간과 각자의 시간이 둘 다 필요합니다. 함께 또 따로, 일 때 더 아름답습니다.

밤 10시가 넘어 들어오지 않은 남편은 아직 업무 중이라고 합니다. 아이들을 챙기고 잠자리에 들도록 해줍니다. 거실 작은 불하나 켜놓고, 저도 잠자리에 드네요. 예전 같으면 잠이 오지 않는데, 금방 잠이 듭니다. 잠결에 인기척이 납니다.

"왜 이렇게 늦어?"

잠꼬대 같은 말을 하고 또 잡니다. 늦은 귀가를 한 남편은 맥주 캔 하나를 놓고 혼자만의 여유로운 시간을 가집니다. 다음날 아침 흔적들이 보입니다. 서로에게 부담이 아닌, 인정하는 과정을 알았습니다.

사랑의 언어를 배우고 연습했습니다. 신기하게도 그 모든 것은 되돌아 왔습니다. 아이들은 아낌없는 사랑을 표현해 주었습니다. 요리를 잘 하지 못해도, 인정해 주었습니다. 실수를 해도 상관하지 않았습니다. 기꺼이 사랑을 선택하는 아이들을 보았습니다. 사랑을 선택하는 용기를 배웠습니다.

제4장

엄마를 성장시킨 인문독서

1. 엄마 인문 독서 시작

인문학, 언제부터인지 낯설지 않은 단어입니다. 인문학이 들어간 강의, 인문학 책들. 그럼 인문학은 무엇일까요? 사전에 '언어, 문학, 역사, 철학 따위를 연구하는 학문', 한자사전에는 '인간과 인간의 문화에 관심을 갖는 학문 분야'라고 되어 있습니다. 보통 문사철(문학, 역사, 철학)이라고 부르는 것들인가 봅니다. 단어만 들어도 어렵습니다. 전혀 다른 세상 단어들, 나에게 무슨 의미가 있을까요?

책읽기는 위로의 도구로 시작 되었습니다. 세상 누구도 해주지 못하는 걸, 그 어려운 걸 책이 저에게 주었습니다. 한 권의 책과의 만남은 수많은 책들을 이어주었습니다. 작가들을 만나게 해주었습니다. 읽어서 좋으니, 계속 읽게 되었습니다. 독서의 시작은 이렇듯 단순했습니다. 책에는 작가가 인용한 책과 추천하는 책이 있었습니다.

'작가가 책에 인용한 책은 어떤 책일까?'
'작가가 추천하는 책은 얼마나 좋은 책일까?'

숨은 그림을 찾듯, 책을 찾았습니다. 책 읽기는 꼬리를 물고 이어졌습니다. 독서에 관한 책, 육아서, 자기계발서를 가리지 않고 읽었습니다. 인문독서에 대해 알게 되었습니다. 인문독서, 동서양 고전 읽기였습니다.

'오래된 책이 인문독서네.'

"엄마, 나 배드민턴 선수할래. 전학 가야된데. 전학 시켜줘"

아이의 선전포고가 있고 한 달 뒤 전학을 갔습니다. 남편과 상의 후 아이의 의견을 들어주었습니다. 그 당시 남편과 함께 동네 배드민턴클럽에서 운동을 하고 있었습니다. 한참 재미를 붙이고 있었습니다. 큰 아이는 학교 방과 후 수업에서 처음 시작했습니다. 엄마 아빠 따라 클럽에 몇 번 오면서 배드민턴 주무 학교가 있다는 것을 알게 되었습니다. 전혀 예상하지 않았던 아이의 진로가 결정되었습니다.

"초등학교까지만 시켜볼까? 저렇게 하고 싶다는데, 시켜보지 뭐"

결정은 쉬웠습니다. 운동선수를 키우는 부모역할은 쉽지 않았습니다. 일명 '도 닦는' 일이었습니다. 금방 늘지 않는 아이를 기다려야 했고, 욕심도 내려놓아야 했습니다. 마음대로 되지 않았습니다.

"이번 대회 실력 안 나오면, 당장 그만둬."
"하려면 제대로 해. 이것도 저것도 아니고 뭐가 되겠어?"

부모는 조급했습니다. 평소 온화한 남편도 아이들의 문제에선 언성이 높아지곤 했습니다. 욕심을 내려놓고 기다려주기란 쉽지 않습니다. 부모의 불안은 아이를 가만두지 못했습니다. 자기 마음도 제대로 다스리지 못하는 부모였습니다. 다그친다고 되는 것은 없었습니다. 우리가 무엇을 할 수 있을까요? 엄마 아빠의 오랜 방황 끝에 얻은 결론은 '믿고 기다리는 것'이었습니다. 더 이상 아무것도 필요하지 않다는 것을 깨달았습니다. 믿어주는 것, 기다려주는 것, 차라리 뭐라도 하라고 하면 쉬울 텐데요. 세상은 그렇지 않았습니다.

인문학은 '오늘 내 마음의 평화'를 위한 선물이 되었습니다. 자신을 이해하고, 찾아가는 길이 되어 주었습니다. 자기를 안다는 것, 평생을 살아도 모르는 게 내 마음이잖습니까? 이왕이면 아름다운 나를 찾아가고 싶습니다. 미운 것 덜어내고 가벼워지고 싶습니다. 엄마 인문 독서는 '마음의 평화'를 시작으로 합니다. 엄마 마음의 평화는 덤으로 잘 웃고, 여유로운 엄마가 되게 했습니다.

"엄마, 나 받아쓰기 70점 받았어."
"잘했네. 세 개 밖에 안 틀렸어?"

"몰라, 다른 애들은 더 잘하던데"
"지우는 공부도 안하고 갔는데, 70점이나 받았으면 잘 한 거지."

"맞네. 지훈이는 공부하고 왔다는데, 50점 받았어."
엄마와 아이는 깔깔깔 한바탕 웃습니다.

"엄마, 나 축구하다가 다리 다쳤어"
"괜찮아, 씻고 연고 발라"
"안 발라도 괜찮아"

오늘 하루 내 마음의 평화보다 좋은 것은 없었습니다. 일상의 일들을 관찰하고, 내가 할 수 있는 것을 하려고 했습니다. 통제 밖에 있는 건 과감히 패스. 가벼워지니, 행복했습니다. 아침 햇살도 좋고, 계절의 변화도 축복이었습니다. 나뭇잎이 바람에 굴러가는 모습도 아름다웠습니다. 각자의 하루를 보내고, 함께 했습니다. 더 바랄게 없는 매일입니다. 인문독서는 마음의 평화를 위한 선택이었습니다. 흔들리는 마음, 복잡하고 힘든 마음에 평화를 주는 독서, 인문독서였습니다.

2. 정약용을 만나다

드라마 '밥 잘 사주는 예쁜 누나'에 남자 배우 정해인은 정약용의 6대손 입니다. 이 배우를 보면, 정약용이 오버랩 되어 보입니다. 정조 대왕이 정약용을 훈남 이라고 했다는데, 참 조상까지 멋진 배우입니다.

누군가의 멋진 조상, '유배지에서 보낸 편지'를 통해 만났습니다. 책은 작가와의 만남, 대화라고 했지요. 그 분의 생각을 듣고, 마음을 알았습니다. 정약용은 저만의 선생님이 되었습니다. 인문독서 첫 길을 활짝 열어 주셨습니다. 책에서 그 분의 삶을 보았습니다.

'세상을 살아가는 사람은 한때의 재해를 당했다 하여 청운의 뜻을 꺾어서는 안 된다. 사나이의 가슴속에는 항상 가을 매가 하늘로 치솟아 오르는 듯한 기상을 품고서 천지를 조그마하게 보고

우주도 가볍게 손으로 요리할 수 있다는 생각을 지녀야 옳다'

―유배지에서 보낸 편지, 정약용, 창비―

가슴에 박힌 구절입니다. 보석처럼 박혀서 삶을 긍정하게 했습니다. '한때의 재해' 쯤이야 생각하게 되었습니다. 가을 하늘 위를 치솟아 오르는 매를 상상했습니다. 그 기상을 품고 싶었습니다. 세상에 당당하게, 나답게, 나아가고 싶어졌습니다. 세상은 지금 현재, 내가 중심이었습니다. 그 분의 기상과 품은 뜻이 '가을 매' 처럼 눈에 선합니다. '세상에 이로운 뜻을 품고, 힘내서 살아가라' 따뜻한 말로, 위로하십니다. 두려움 없이 세상을 받아드리라 말합니다. 나만의 세상을 꿈꾸라 하셨습니다.

'조선시대 실학자, 저서 목민심서' 목민심서의 뜻은 목민관의 마음에 대한 책이었습니다. 백성들의 편에 서서 관리자의 역할에 대해 이야기 하고 있습니다. 억울한 일을 당해도 호소할 수 없었던 백성들을 안타까워했습니다. 그의 정치는 백성을 향한, 백성을 위한 정치였습니다. 굶주림과 병으로 고통 받는 백성들에게 진짜 필요한 것이 무엇인지 고민했습니다.

학문을 연구하고, 철학서를 읽는 것이 공부에 그치지 말아야 한다는 것을 일깨워 주었습니다. 공부의 마지막은 타인을 향해야 한다는 것을 짐작할 수 있었습니다.

'공부해서 뭐 할 건데? 책 읽어서 뭐할라고?'

엄마의 공부는 자격증을 따고 학위를 받는 공부가 아니었습니다. 삶을 긍정하고 더 좋은 사람이 되는 것이었습니다. 읽은 대로 공부한대로 살아내는 것이었습니다. 일요일 새벽 5시, 화상 채팅으로 독서모임을 했습니다. 자기 계발서를 읽는 것에서 실행하는 모임이었습니다.

전날까지 읽은 책을 어떻게 적용할까, 고민했습니다. 현재 내 삶을 객관적으로 알게 되었고, 부족한 부분을 채워 갈 수 있었습니다. 함께 하는 분들 각자의 이야기는, 또 내 이야기가 되었습니다. 좋은 영향력은 그렇게 나눠지고 있었습니다. 친정집에서 일요일 아침, 오래된 밥상을 놓고 앉았습니다. 아침잠 많은 딸을 아시기에 친정엄마는 신기해하십니다.

"뭐가 되도 되겠다."

아들에게 보낸 편지에는 '독서'의 중요성에 대해 언급합니다. 유배지에서 책을 읽고 쓰며, 주어진 삶을 살아 내셨습니다. 가족을 보살피지 못하고 유배생활을 하셨습니다. 아들에게 전하려고 했던 것은 책을 가까이 하라는 것이었습니다. 공부만이 살 길이며, 훗날을 도모 할 수 있다는 것. 그 간절한 바람이 저에게도 전해집니다.

곁에서 함께하지 못하는 아버지 정약용의 마음이 안타깝습니다. 자신의 처지를 비관하지 않고, 살아냄으로써 보여주셨습니다.

그분의 독서법으로 읽었습니다. 중요한 구절을 옮겨 적었습니다. 한 권의 책은 다음 책으로 이어지며 나만의 해석으로 읽었습니다. 삶의 지혜를 다룬 고전들은 같은 이야기들을 하고 있었습니다. 시대를 불문하고 종교와 지역까지도 허물어 버립니다.

'감사합니다.'의 가치를 알게 되었습니다. '절제'의 키워드와 '긍정'을 보았습니다. 세상은 이미 다 주어져 있고, 원래 우리는 완전한 존재였다는 것을 알게 되었습니다. 내 안의 더 큰, 신과 같은 자신을 발견하라고 합니다. 사랑에너지로 가득 찬 자연을 닮아가라고 했습니다.

외투 주머니에 수첩과 펜을 넣고 다녔습니다. 외출 준비를 할 때면 수첩과 펜을 확인합니다. 언제 어디서라도 메모하는 습관을 들였습니다. 순간을 붙잡는 것, 기록이 가능하게 했습니다. 운전을 할 때, 목욕탕에서, 산책을 할 때 생각들이 떠오릅니다. 생각의 생각에 꼬리를 물며 번뜩 떠오릅니다. 전혀 생각하지 않은 것들이 기록으로 옮겨집니다. 사람들의 말을 귀담아 듣습니다. 듣다 보면 쓰고 싶은 말이 있습니다. 주위를 의식하지 않고 그냥 쓰니다. 순간의 시간들이 빛나는 역사가 되었습니다. 옮겨 적는 습관과 기록하는 것은 실천을 통해 다른 삶을 살게 했습니다.

그 분의 독서는 세상을 바라보는 따뜻한 마음이 있습니다. 후대에 대한 사랑과 기대가 있습니다. 바른 인생관과 가치관이 들어 있습니다. 목적 읽는 책읽기를 강조하셨습니다. 세상을 바라보는 따뜻한 마음이 그 분의 삶을 통해 알 수 있었습니다. 후대에 대한 사랑과 기대로 공부를 놓지 않고, 책을 쓰셨습니다. 진짜 공부는 삶으로 나온다는걸 알게 되었습니다. 내가 아는 것을 행동하고, 변화하는 것만이 내 것이라는 것입니다.

독서법, 부모의 자세, 자녀 교육, 삶의 의미에 대해 깨달았습니다. 무엇보다 세상을 바라보는 그 분의 인생관과 가치관을 배우고 싶었습니다. 그 분과의 만남을 인연으로 엄마의 인문독서는 시작되었습니다. 새로운 세상을 열어 주는 길목에서 웃으며 반겨주셨습니다.

3. 징비록, 전쟁의 기록

우리 역사에서 조선시대 임진왜란과 이순신 장군은 어릴 적부터 들어온 이야기입니다. 이순신장군의 승리를 다룬 위인전은 낯설지가 않습니다. 역사와 인물에 대한 해설이 아닌, 기록으로 보는 임진왜란은 전쟁의 기록입니다. 죽고 사는 문제, 전쟁의 역사이야기입니다. 징비록은 지옥과도 같은 전쟁 속에서 살아낸 백성들을 보게 했습니다.

'그럼에도 불구하고'를 현실로 알려주었습니다. 조상들의 수모와 피비린내 나는 아픔의 상처를 감히 짐작이나 할 수 있을까요? 그 역사의 기록을 오늘 지금 저의 하루로 가져와 보았습니다.

'무엇이 두렵겠습니까?'
세상은 어떤 경우에도 살아내야 하는, 축복이고 선물이었습니다.

남편과 결혼 하면서 시부모님이 생겼습니다. 시부모님은 저희 부모님보다 열 살 이상 많으셨습니다. 아들이 선택한 여자, 이유 없이 가족으로 받아주셨습니다. 모난 곳 없으신 분들이셨습니다. 덤으로 받은 선물이었습니다. 건강하시던 아버님께서 신장 암으로 투병을 시작하셨습니다.

다 큰 자식들이지만 부모님의 병을 지켜보는 것은 쉽지 않았습니다. 병원을 의지하며 치료를 하려 했지만, 잘 되지 않았습니다. 힘들어 하는 남편을 보았습니다. 아무것도 해드릴 수 없다는 것이 더욱 힘들게 했습니다. 삶과 죽음을 모르지 않지만, 나의 일로 받아드리기는 결코 쉽지 않았습니다.

짧은 투병 시간을 보내시고, 거짓말처럼 떠나셨습니다. 며느리 인 저의 슬픔이 이정도인데, 아버지를 잃은 남편은 어떨까요? 다 알지는 못하겠지요. 한평생 매일을 같이 보내신 시어머니의 슬픔은 짐작할 수 없습니다.

'너희 아버지 싫은 게 하나도 없다.'

남편을 여윈 시어머니의 절망이 전해집니다. 함께 울고 함께 이겨나가고 있습니다. 삶과 죽음이 다르지 않음을 배웁니다. 세상은 그럼에도 불구하고 살아내야 하는 그 무엇이었습니다. 가족은 그렇게 더 단단해지고, 사랑하며 살아갑니다.

'징비록'에서 뼈아픈 역사를 보았습니다. 전쟁의 소용돌이 속의 사람들을 보았다. 힘든 세상을 살아야 했던 사람들을 보았습니다. 간절함은 무엇인지, 삶의 가치는 무엇인지 묻게 되었습니다. 임진왜란 7년의 전쟁은 조선 사람들의 삶을 통째로 앗아갔습니다. 나라를 빼앗기지 않았다고 다행이라 말 할 수는 없습니다. 삶과 죽음이 한 가운데 있는, 전쟁은 그야말로 전쟁터였습니다.

파괴자에 의해 철저기 도륙당한 사람들, 사는 것 보다 차라리 죽는 것이 쉬워 보입니다. 두 번 다시 반복 되지 않기 바라는 마음으로, '징비록'을 기록한 것이겠지요. 오늘 내 하루를 돌아보았습니다. 지금 주어진 것들이 얼마나 많은지 모릅니다. 먹고, 씻고, 잘 수 있는 집이 있다는 것이 당연하지 않은 것이었습니다. 얼마나 많은 것을 누리고 있는지 새삼 깨닫게 됩니다. 누군가에게는 평생을 꿈꿔온 희망임을 알게 되었습니다. 이미 주어진 모든 것에 감사하게 되었습니다.

지금 이 순간에도 전쟁 같은 삶을 살고 있는 사람들도 있습니다. 자살률 세계 1위, 풍요 속의 빈곤은 사람들을 죽음으로 내몰고 있는지 모릅니다. 삶과 죽음을 선택하고, 아이들의 죽음마저 선택하는 부모들이 있습니다. 그들의 아픔이 그들만의 것은 아닙니다. 우리 모두의 슬픔입니다. 전쟁 같은 삶에 누군가의 손길은 생명을 줄 수 있습니다. 나만 잘 사는 것이 아닌, 우리 같이 잘 사는 삶 이어야 합니다. 이웃에게 관심과 사랑을 전하고, 필요로 하는 곳에 기꺼이 있어야 합니다. 그럼에도 불구하고 살아내야 하는 삶의 희망을 전해야 합니다. 징비록를 통해 우리는 그것을 배웁니다.

징비록에는 '이순신'이 있습니다. 바다를 중요성을 아는 혜안을 가진 이순신이 있습니다. 백성을 위하는 이순신이 있습니다. 역사의 기록에 이름조차 남기지 못한 의병들이 있었습니다. 자신과 가족을 지키기 위해 목숨을 건 영웅들이 있었습니다. 역사의 기록을 통해, 우리의 삶도 다르지 않음을 알게 됩니다. 이순신과 의병 같은 사람들이 있고, 그렇지 못한 사람들도 있으니까요.

삶의 가치와 태도에 대한 질문을 남깁니다. 무엇이 중요한 것인지, 어떻게 살 것인지에 대한 답은 각자의 몫이겠지요. '징비록'은 삶의 질문을 던져준 책입니다.

'어떤 삶이 좋은 삶인가?'
'잘 사는 것은 어떤 것인가?'
'중요한 가치는 무엇인가?'
'나는 어떤 마음으로 살 것인가?'

그 시대의 책으로 시간을 초월하였습니다. 조선시대 전쟁터의

한 가운데 서있었습니다. 이순신의 옆에 서서 세상을 바라보았습니다. 인문독서는 시공간을 초월한 만남이었습니다. 그곳에서 질문하고 답을 얻어왔습니다. 그들의 지혜를 삶에 적용했습니다. 안다는 것은 세상을 다른 눈으로 보게 하는 힘이 있었습니다.

4. 정조 대왕, 일득록

조선시대 세종을 버금가는 왕이 있다면 정조일 것입니다. 영조의 손자이자, 사도세자의 아들. '일득록'을 읽고, 정조의 삶을 그려보았습니다. 아버지를 잃은 어린 아들이 보였습니다. 왕위를 물려받기 전까지 숨죽여 살아간 아들입니다. 남편을 잃은 어머니가 계셨고, 언제 어떻게 죽을지 모를 위협을 느끼며 살았습니다. 정조에게도 책이 있었습니다. 오직 '공부'는 자신의 삶을 살아내기 위한 방법이었습니다.

성군이 되기 위한 열정이 느껴졌습니다. 역사의 기록으로 남은 정조대왕의 어록에서 그 분의 독서는 무엇이었을까요? 살아 내기 위한 끈, 세상을 이해하는 눈, 옳은 마음가짐이 아니었을까요? 그 이상의 것들임은 틀림없어 보입니다.

'함양이란 곧 고요할 때의 공부이고, 성찰이란 곧 움직일 때의 공부이다. 그리고 본체가 확립된 뒤에 행동을 하므로 학자의 공부는 마땅히 함양을 우선으로 해야 한다. 또한 함양 할 줄만 알고 성찰에 힘쓰지 않아서야 되겠는가? 그 때문에 덕성을 높이는 것과 학문을 하는 것은 어느 한쪽으로 치우치거나 폐기하여서는 안 되는 것이다.'

– 일득록, 남현희 편역, 문자향 –

'백성들의 마음을 자기 마음으로 삼는다' 는 말을 가슴속에 담아 두기 위해 벽에 도배를 할 때마다 새로 써서 붙여 두었다고 합니다. 독서로 공부에 전염하는 모습이 그려집니다. 백성들의 마음을 자기의 마음으로 삼는다는 것을 좌우명으로 붙여 둔 정조의 어진 성품이 보입니다. 그 분의 독서는 자기계발서 독서법이라 해도 될 듯합니다. 책은 읽는 독자만의 것이라고 했습니다. 책에 나와 있지 않은 것까지 상상했습니다.

밤늦도록 독서를 하는 모습과 국정을 보는 모습도 그려보았습니다. 일득록의 텍스트는 그 이상의 것을 주었습니다. 혼자만의 상상으로 더 큰 것을 보게 했습니다. 엄마 인문독서를 통해, 책 넘어 책으로 다시 태어났습니다. 오래 두고, 다시 봐도 괜찮았습니다. 언제나 새롭습니다. 줄을 긋고, 메모한 흔적을 따라 가며 깨닫게 되었습니다.

'그때 이런 마음이었구나.'

과거의 저를 만나고, 지금의 저를 만납니다. 책을 통해 과거의 저와 만나는 기분은 꽤 괜찮습니다. 책 한권으로 오늘 하루 세상을 다 가진 듯, 충만함을 느꼈습니다. 내 손 때가 묻고, 기록의 흔적이 남은 책은 완전한 '내 책'이 되었습니다.

아이들이 자라고 있습니다. 함께 크고 있습니다. 엄마는 미래의 아이에게 과거의 책을 주려고 합니다. 엄마가 공부한 '엄마 책'으로 선물하는 꿈을 꾸고 있습니다. 엄마의 책은 아이들에게 특별한 책이 될 수 있습니다. 엄마의 공부 흔적을 발견하고, 엄마의 생각을 엿볼 수도 있습니다. 엄마가 줄 수 있는 것 중에 이것만한 것이 있을까요?

아이들과 책으로 소통하고 공감하는 경험을 가지고 싶습니다. 시대를 초월한 인물들을 만나고 지금 삶으로 가져와 봅니다. 궁극적인 만남과 소통, 나를 변화시킵니다. 인문독서는 다른 책에서 같은 키워드를 찾습니다. 삶에 대한 태도, 철학, 마음가짐, 독서의 중요성. 그 분들의 책에는 오늘을 사는 저에게 주는 메시지는 한결 같았습니다.

아이들은 역사 속 위인들의 삶을 전기로 읽게 되었습니다. 세종대왕과 장영실, 이순신과 안중근과 같은 그 시대의 운명을 가른 인물들입니다. 아이들과 함께 위인전을 읽으면서 그들의 업적

보다 삶을 보게 되었습니다. 장영실과 세종의 관계, 그들의 운명과도 같은 만남이 있었습니다. 인간관계의 승승을 제대로 보여주는 사례입니다. 우리도 누군가에게 그런 사람이 되기도 하고, 또 누군가는 그런 사람으로 다가옵니다. 인연이라는 이름으로 말입니다. 이순신의 업적 뒤에 가려진 그 분의 고뇌가 난중일기에 묻어있습니다. 한 줄짜리, 날씨만 적은 날, 일기를 쓰지 않은 날들 뒤에 숨은 것을 상상하게 됩니다. 안중근 의사의 전기에는 그 분의 성품이 보입니다. 또 안중근 의사의 배경에는 어머니가 계셨습니다. 업적이 아닌 스토리로 위인들을 이해하는 것은 온전히 삶을 알아가는 과정이었습니다.

삶으로 보여주셨습니다. 갈림길에서 어떤 선택을 하는 것이 옳은지, 가치 있는 삶은 무엇인지에 대한 답을 보여주십니다. 아이들과 저의 삶에도 그 분들의 삶이 묻어나는 모습으로 닮아가길 바래봅니다.

'배움을 놓지 말고, 세상을 이롭게 하라.'
'자신을 알고, 타인을 이해하고 인정하라'
'지금 내 옆에 있는 사람들을 사랑해라. 사는 것은 만남이고, 관계이다'

엄마는 오늘도 인문독서로 삶으로 한 발 더 나아갑니다.

5. 빅터 프랭클의 삶의 의미

책을 읽다보니, 작가들이 추천하는 책들이 겹치기도 합니다. '죽음의 수용소에서'는 여러 번 만난 제목이었습니다. 겁이 많아 공포영화, 전쟁영화를 보지 못합니다. 지나친 감정 이입으로 마음이 힘들어지기 때문이었습니다. 나치 수용소의 삶, 고문, 학대, 죽음이라는 단어들이 떠올랐습니다. 제목과 간단한 소개만으로 거부한 책이었습니다. 여러 번 권유를 받으며, 어느 날 때가 되었는지 용기 내 읽게 되었습니다.

'성공은 행복과 마찬가지로 찾을 수 있는 것이 아니라 찾아오는 것이다.' 서문에 나온 글입니다. 작가가 학생들에게 거듭 타이른 말이라고 합니다.

'뭐야, 자기계발서야?' 성공과 행복에 대한 논제는 자기계발서의 키워드입니다. 막연한 두려움으로 거부했던 책을 편안하게 읽어갔습니다. 상상했던 잔인한 장면은 없었습니다. 죽음의 수용소에서의 사람들이 있었습니다. 각자의 위치와 상황의 차이만 있을 뿐, 사람들의 이야기였습니다.

'그날도 우리는 참호 속에서 일하고 있었다. 잿빛 새벽이 우리를 둘러싸고 있었다. 우리 위에 있는 하늘도 잿빛이었고, 창백한 새벽빛에 반사되는 눈도 잿빛이었다. 동료가 걸치고 있는 넝마 같은 옷도 잿빛이었고, 얼굴도 잿빛이었다. 나는 또 다시 아내와 침묵의 대화를 나누고 있었다. 아니 어쩌면 당시 나는 내 고통에 대한, 그리고 내가 서서히 죽어가야 하는 상황에 대한 정당한 '이유'를 찾으려고 애쓰고 있었는지도 모른다. 곧 닥쳐올 절망적인 죽음에 대해 마지막으로 결렬하게 항의하고 있는 동안, 나는 내 영혼이 사방을 뒤덮고 있는 음울한 빛을 뚫고 나오는 것을 느꼈다. 나는 그것이 절망적이고 의미 없는 세계를 뛰어넘는 것을 느꼈으며, 삶에 궁극적인 목적이 있는가라는 나의 질문에 어디선가 "그렇다"라고 하는 활기찬 대답 소리를 들었다.'

ㅡ죽음의 수용소에서, 빅터프랭클. 청아출판사ㅡ

글 속으로 빠져들어 같은 문장을 반복해서 읽어보았습니다. 작가가 처한 상황이 그림처럼 그려졌습니다. 가슴 깊은 울림을 들었습니다. 감정의 동요 없이 써내려간 글이었습니다. 온전히 상황에 몰입하게 합니다. 잿빛 새벽하늘 아래 함께 있는 듯합니다. 극단의 상황에서 '삶에 궁극적인 목적'에 대해 생각 했습니다. 한 줄기 빛처럼 '예스'라는 대답을 얻었습니다.

'시련과 죽음 없이 인간의 삶은 완성될 수 없다.' 하느님에 계시다면 인간의 세상에 왜 이토록 지독한 시련을 허락할까? 보고만 계시는지 궁금했습니다. 시련과 죽음은 필연이었습니다. 삶을 완성하기 위한 가치 있는 무엇이라고 인정하게 되었습니다. 크고 작은 어려움이 생길 때, 다르게 볼 수 있게 되었습니다.

'나에게 또 어떤 지혜를 주시려고, 이러시나.'

상황을 바라보고, 나를 돌아보았습니다. 문제의 원인을 나에게서 찾고, 해결도 스스로 하려고 했습니다. 죽을 만큼 큰일은 없었습니다. 깨우침과 공부만이 있었습니다.

'삶의 의미에 대해 질문을 던지는 것을 중단하고, 대신 삶으로부터 질문을 받고 있는 우리 자신에 대해 매일 매시간 생각해야 할 필요가 있었다. 그리고 그에 대한 대답은 말이나 명상이 아니라 올바른 행동과 올바른 태도에서 찾아야 했다. 인생이란 궁극적으로 이런 질문에 대한 올바른 해답을 찾고, 개개인 앞에 놓인 과제를 수행해 나가기 위한 책임을 떠맡는 것을 의미한다.'

　　　　　　　　　　－죽음의 수용소에서, 빅터프랭클. 청아출판사－

프랭클 박사님의 이 한 페이지는 깊은 마음까지 뿌리째 흔들었습니다. 삶의 의미가 무엇인지 붙잡지 말고, 삶이 나에게 무엇을 기대하는지에 대해 생각하는 것은 전혀 다른 차원이었습니다.

'세상은 나에게 무엇을 기대하는가?'

한 동안 이 말을 잊을 수 없었습니다. 또 한 번 망치로 얻어맞은 건, 그 대답은 행동과 태도라는 것이었습니다. 내가 하는 행동과 태도가 대답이라는 것. 하, 어떤 자기계발서보다 낫지요? 지금 현재 주어진 내 삶을 찬양하게 했습니다. 불만, 불평을 내려놓고 오직 긍정과 감사로 나를 세울 수 있었습니다. 그렇게 살아가야겠다, 다짐하게 되었습니다.

프랭클 박사님은 니체의 말을 인용합니다.
'왜 살아야 하는지 아는 사람은 그 어떤 상황도 견뎌낼 수 있다.'

힘든 시기를 지나고 있으신가요?
혹시 살아야 할 이유에 대한 답을 찾고 계신가요?

따뜻한 손길로 위로 해 줄 책으로, 프랭클 박사님을 소개해 드립니다.

6. 오쇼, 찾아라 내 안의 또 다른 나

종교에 대해서는 잘 알지 못합니다. 불교하면 석가모니와 해탈 윤회, 정도로만 알고 있었습니다. 기독교는 예수님과 크리스마스 날 선물 받으러 가 본 기억이 있습니다. 책을 읽다보니, 성경에 대해 궁금해졌습니다. '기도' 라는 개념도 궁금해졌습니다. 생일날이면 엄마가 차려놓는, 삼신상이 기도쯤이라고 생각했을까요?

성경을 읽기는 진입장벽이 높았습니다. 그렇게 오쇼를 알게 되었습니다. 예수의 가르침, 부처의 가르침은 다르지 않다는 것을 알게 되었습니다. 하나의 종교애 억매이지 않고, 세상을 알아가는 가르침으로 받아드렸습니다. 종교도 철학으로, 배움의 가르침으로 보여준 오쇼였습니다. 예수님의 가르침은 무엇이었을까? 부처님은 중생들에게 무엇을 설파 하신 걸까요? 오쇼는 두 분이 다르지 않음을 알게 해주었습니다.

'찬미하라! 이미 넘쳐흐르고 있다. 꽃이 피고 새들이 노래를 부르고 태양이 하늘에 걸려 있다. 이 모두를 찬미하라! 그대는 지금 숨을 쉬고 있고 살아 있고 의식이 있다. 이 모두를 찬미하라! 그럴 때 어느 순간 갑자기 그대는 이완을 한다. 거기에는 어떤 긴장도 없고 어떤 고통도 없다. 고통의 에너지가 송두리째 감사의 에너지로 변화한다. 그대의 가슴이 깊은 감사함으로 고동친다. 이것이 기도이다. 가슴이 감사함으로 고동치는 것. 이것이 기도의 전부이다.'

- 찾아라 내 안의 또 다른 나, 오쇼, 소담출판사 -

아, 깊은 감사함으로 찬미하는 것이 기도라고 하네요. '감사합니다.' 일상 속의 모든 순간이었습니다. 아침에 눈을 뜨고, 출근을 하고, 하루를 여는 것. 저녁이면 집으로 무사히 귀가하고, 식사를 하고, 같이 잠자리를 들 수 있는 것. 모든 것이 기적 같은 하루하루라는 걸 알기 시작했습니다. '감사합니다.' 의 기도는 힘이 컸습니다. 미운 마음대신 기쁨의 마음을 주었습니다. 일상의 생활에 여유를 가졌습니다. 매일 마주치는 모든 것들이 다르게 보였습니다.

산책길에 보이는 꽃들, 하늘을 나는 새들, 계절의 옷을 입은 나무들이 새로웠습니다. 아름답게 반짝이고 있었습니다. 그 중심에, 천국의 중심에 서 있었습니다. 만나는 사람들에게 친절하게 말하게 되었습니다. 그들도 이 아름다운 세상에 함께 살아가는 사람들이니까요. 화내고 짜증부릴 일이 없어졌습니다. 마음의 변화는 세상을 바꿔놓았습니다.

돈을 버는 이유는 삶을 즐기기 위함이라고 했습니다. 일을 하고 돈을 버는 것이 삶의 목적이 아니었습니다. 즐기며 놀기 위해 일하고 돈을 버는 것이었습니다. 목적과 수단을 명확하게 정의 내려 주었습니다. 사랑하고, 놀기 위해 일을 한다는 것을 보았습니다. 삶의 유희와 휴식이 목적이지, 일이 목적이 아니었습니다. 주객이 전도되어 무엇을 위함인지 잊어버리고 있었습니다.

삶의 유희가 목적이 되는 삶이어야 합니다. 일과 성공과 돈은 목적이 아니라, 삶의 즐거움을 누리기 위한 수단입니다. 삶의 목적은 즐거움이며 유희 그 자체입니다. 지금 현재 내 삶을 얼마나 즐기며 살고 있는지 하루를 돌아보게 되었습니다.

'삶의 유희를 위해 산 하루였는가?'
'나에게 정말 중요한 것은 무엇인가?'
'내일로 미루지 않고 오늘, 가치의 기준대로 살았는가?'

하루의 반성을 앞만 보고 달리는 것을 멈추게 했습니다. 멈추고 무엇을 향해 가는지 보게 했습니다. 옆에서 말을 거는 아이를 쳐 보았습니다. 함께 저녁을 먹는 시간이 소중했습니다. 남편의 하루를 물어보았습니다.

"오늘 어땠어? 새로 옮긴 부서는 괜찮아?"
'네가 궁금해.'

이 작은 마음의 변화는 말과 행동으로 변화되었을 때, 꽃처럼 피어났습니다. 만나는 사람들에게 웃으면 친절을 베풀게 되었습니다. 항상 바쁘고 허둥대는 행동을 내려놓고, 그 순간을 살려는 마음을 가졌습니다. 아주 조금씩 균열을 일으키며 변화하고 있었습니다. 삶의 목적을 향한 하루를 살아가려고 했습니다.

삶의 목적에 대한 명쾌한 정의를 알게 되었습니다. 성공과 부를 위해 달리는 것을 멈추게 했습니다. 재밌고 즐거움 삶이 목적으로 정의 되었습니다. 사랑하는 가족들, 만나는 사람들이 더 소중해졌습니다. 수단을 쫓아가지 않고 느긋하게 지켜보았습니다. 진짜 중요한 것은 기뻐하며 함께 웃고, 신나게 노는 것이니까요.

무한 긍정을 보았습니다. 어떠한 상황도 즐길 수 있는 자유를 알려주었습니다. 삶 속으로 뛰어들어 무엇이든 해볼 수 있는 용기를 주었습니다. 펼쳐진 세상 가득 누려보고, 만끽하라고 말했습니다. 경험, 직접 해 보는 것이 진짜 삶이었습니다. 세상 속으로 당당히 나아가라고 합니다.

'우물쭈물 망설이다 놓치지 말고, 지금 이 순간을 단단히 잡고

있어라.'

오늘 하루 만나는 사람들에게 나의 최선을 보여 주고 싶었습니다. 그것이 나를 사랑하는 방법이고, 이 세상에 감사하는 방법이었습니다. 사랑하고 감사하는 삶, 지금 바로 시작 할 수 있었습니다. 니체의 아모르파티, 긍정의 철학자는 자신을 찾아 끊임없이 노력하라고 했습니다. 경험, 직접 해 본 것만이 내 것이 되는 것. 두려움을 내려놓고 시작하는 용기를 주었습니다.

7. 담론, 신영복 선생님

모든 책들은 작가와의 만남입니다. '담론'에서 신영복 선생님의 인생을 볼 수 있었습니다. 파란만장한 현대사의 주역, 역사와 함께 그 분의 삶이 있었습니다. 그럼에도 불구하고 빛나는 삶으로 살아내셨습니다. 담담한 글들에서 생생한 장면들이 그려졌습니다. 책장을 쉽게 넘기지 못했습니다. 한 페이지를 반복하며 읽으며, 온전히 이해하고 싶었습니다.

인생을 살아낸다는 것이, 이토록 절실할 수가 있을까요? 무기징역수가 죽지 않고 살아야 하는 이유에 대해서, 신문지 크기의 작은 창으로 들어오는 햇빛 한 줄기에 있었다고 합니다. 무릎 위로 쏟아지는 잠깐의 햇살이 희망이자, 사랑이고, 삶의 의미였다고 합니다. 그 뒤로 햇살 한줄기는 특별해졌습니다. 누군가는 살아야 하는 이유가 되었던 그 햇살이니까요. 살아야 하는 이유, 살아내야 하는 이유는 이토록 단순합니다. 매일 아침 태양은 떠오르고 우리는 살아내고 있습니다. 삶의 의미에 대해, 대단한 이유를 붙일 필요는 없어 보입니다.

아침이면 창문부터 열기 시작합니다. 방, 거실 베란다, 현관까지. 문이란 문은 활짝 열어 아침의 공기, 햇살을 받아들입니다. 오늘 내가 살아야 하는 삶의 시작을 알리는 의식으로써 새로운 공기를 받아드립니다. 그렇게 매일이 새로운 날, 무엇이든 가능한 날, 자유의 날들이 시작되었습니다.

죄를 짓고 교도소에 수감된 사람들에 대해서 생각해 보았습니다. 죄를 지었으니 마땅히 벌을 받아야 하겠지요. 사회가 더 각박해질수록 범죄 수위는 잔인해지고 있습니다. 여론은 더 강한 벌을 집행하라고 부추깁니다. 죄를 지은 사람은 그 죄와 동일시 됩니다. 담론에서 보여준 죄수들도 사람이긴 마찬가지였습니다. 젊은 사형수의 '살고 싶다'는 고백을 쉽게 지나칠 수 없었습니다.

'치마가 걸린 방에서 자겠네.'

그들의 유머도 어느 시인을 닮았습니다. 죄를 짓게 되었지만, 근본적으로 그들도 우리도 같은 사람임을 인정하게 됩니다. 오히려 죄인들을 감시하는 교도관들의 비인간적인 행동들이 보입니다. 어떤 입장에 있던, 삶의 태도는 각자의 몫임이 확실합니다. 삶에 어떤 태도로 임할 것인가? 전적으로 각자의 선택입니다.

고전 강독은 선생님만의 통찰로 동양인문고전을 풀어주십니다. 고전의 흐름에 대해 포인트를 잡아주셨습니다. 이 도서가 씨앗이 되어, 원전에 도전하게 되었습니다. 생각보다 쉽게, 공자와 노자, 사서와 주역에 호기심이 생겼습니다.

'한번 읽어 볼까?'

용기를 가지게 된 것 만으로도 좋았습니다. 고전을 펼치는 기쁨과 설레임을 알게 되었습니다. 역사와 스토리와 지혜가 함께 들어 있었습니다. 단 돈 몇 만원으로 얻을 수 있는 세상에서 가장 큰 혜택이었습니다.

'사람 사는 이야기이면, 뭐 특별할 것도 없겠네.'

철없는 어린아이가 할아버지 수염을 만지듯, 겁 없는 만남이었습니다. 책의 내용과 작가의 스토리를 삶으로 가져왔습니다. 신영복 선생님의 고전 공부는 각자의 삶으로 해석되어야 함을 강조하셨습니다.

역사인물 책을 읽던 큰 아이가 '사마천'의 이야기를 보고, 말했습니다.

"엄마 이 사람 거시기가 잘렸데. 사기라는 역사책을 썼다는데."
사마천의 이야기가 아이에게 충격적으로 읽혔나 봅니다.

"알지, 그 사마천이 쓴 사기가 이 책이야."

엄마 책꽂이에서 책을 보여줍니다. 아이는 장난기가 사라지고 진지해집니다. 엄마는 왠지 뿌듯합니다.

고전 공부를 하는 방법을 통해, 책읽기에 적용했습니다. 저자의 말을 듣고, 저자에 대해 찾아보고, 적용할 것들을 찾았습니다. 우연히 좋은 책을 발견하게 되면, 저자의 다른 도서도 구입하곤 했습니다. 일상에서 바로 적용 가능한 실천들부터 삶의 가치관까지 적용했습니다. 독서를 통해, 취할 것을 가려냈습니다. 내가 좋아지기 시작했습니다. 그 만족감은 기쁨과 행복이었습니다.

만남과 관계가 삶의 철학이라는 진리를 보았습니다. 산다는 것이 '사람과의 만남'이 다라는 뜻이었습니다. 지금 어떻게 살고 있는지 되돌아보았습니다. 나만 잘났다고 하고 살지 않았는지, 생각해 보았습니다.

'남들이 무슨 상관이야, 나만 괜찮으면 되지.'

어리석은 생각이었습니다. 즐거움과 기쁨도 함께해야 가능합니다. 슬픔과 좌절도 함께 해야 이겨냅니다. 간단한 진리 같지만, 삶은 모르고 있는 듯 보였습니다.

오늘 스치듯 만나는 사람, 우연처럼 만난 모든 인연들이 삶이라는 것을 깨달았습니다. 운명처럼 만난 가족, 친구, 동료들을 삶으로 보기 시작했습니다. 만남과 관계가 삶이 되는데, 소홀히 할 수는 없습니다. 삶의 기본적인 철학을 장착하니, 한결 사는 게 편안해집니다.

'담론'은 인문독서를 시작 할 수 있게 문을 열어주었습니다. 고전 읽기에 길잡이가 되어준 책이었습니다. 우연처럼 만난 책 한 권은 인생 책이 되었습니다. 사서 유교경전 대학, 논어, 맹자, 중용과 오경 시경, 서경, 역경, 예기, 춘추. 읽어야 할 책들이 가득해졌습니다. 그 만남은 이천년 뛰어넘는 시대를 초월한 만남이었습니다.

8. 절제, 우주의 진리

물건을 살 때, 충동적으로 사곤 합니다. 한 두 시간씩 쇼핑을 하
지도 않습니다. 대충 둘러보고, 괜찮다 싶으면 그냥 삽니다. 분
식집에서부터 가구나 전자제품까지 그렇습니다. 별로 고민하지
않습니다. 검색해서 가격 비교하고, 매장 가서 돌아다니는 시간
을 아까워했습니다. 성향이라고 생각했습니다. 생각 없이 물건
을 구입하는 '충동구매' 였습니다. 신중함이라고는 없었습니다.
그러다보니 씀씀이가 헤픕니다. 수중에 여유 돈을 가지고 있지
못합니다. 사치를 하지는 않았지만, 작은 돈을 아끼지 않는 소비
를 했습니다.

김밥 파는 CEO 김승호 회장님의 '생각의 비밀' 과 '돈의 속성'
을 읽었습니다. 부자의 마인드는 작은 돈을 아끼는 것부터 시작
된다는 것을 보았습니다. 부자가 되는 방법이 아닌 부자의 마인
드를 가져야 한다는 것이었습니다. 부자마인드를 가진다면 수

중의 돈을 다 잃어도 다시 부자가 될 수 있다고 합니다. 결국 부자의 습관과 태도가 부자를 만든다는 것을 알게 되었습니다.

가벼운 경제관련 책을 읽으면서 부와 성공의 비밀은 단순한 진리를 담고 있었었습니다. 부자의 습관과 마음공부가 기본이 되어야 한다는 것이었습니다. 그들이 부자가 될 수 있었던 것은 세상의 진리를 알고 실천했기 때문이었습니다. 그 키워드의 첫째는 절제, 검소함이었습니다. 소비와 지출, 물질만능시대에 너도 나도 따라 사는 것을 부추깁니다. 필요는 외부의 조건으로, 이유 없이 무조건 사고 보는 행위를 하고 있었습니다.

물질에 대한 집착은 심리학적으로 마음의 공허함을 대신한다고 합니다. 기쁜 일이 있거나 행복을 느낄 때면 먹지 않아도 배부르고, 물건을 필요로 하지 않게 되는 경험을 합니다. 스트레스를 받거나 마음이 힘들 때면 먹는 것이나 물건을 사는 것으로 그것을 채우려고 합니다. 쓰레기 집이 한 번씩 텔레비전에 나오곤 합니다. 온갖 물건들을 버리지 못하고 쌓아두면서 집을 물건들로 다 차지하는 것을 볼 수 있습니다. 비워진 공간은 여유와 자유로움으로 채울 수 있습니다. 최소한의 물건만으로도 가득한 기운을 느끼게 됩니다. 버리고 버리면서 남은 것들은 진짜 필요한 것들이고, 예쁜 것들이었습니다.

미니멀 라이프를 어설프게 따라하며 집안을 정리했고, 공간들을 살펴보았습니다. 입지 않은 옷들과 쓰지 않은 가구, 오래되고 낡은 것들을 버리는 연습을 했습니다. 물건을 사는데 신중해지는 효과까지 있었습니다.

'진짜 필요한가?'

절제라는 단어는 내 삶의 환경을 정리하는 것과 물건의 필요에 대한 구입을 가능하게 했고, 비워진 공간을 더 좋은 것으로 채우는 것을 배우게 했습니다. 소로오의 '월든'을 새벽기상 프로젝트를 하면서 천천히 읽기를 했습니다.

'간소하게 간소하게 살아라.'

아침시간 읽었던 월든은 생생한 월든 호수를 연상시켰고, 소로우의 생각도 깊이 알게 되었습니다. 온전히 흡수되기까지 시간이 필요한 대표적인 책이었습니다. 지인 분들은 월든을 전체 필사를 하시기도 하셨습니다. 블로그에 글을 쓰며 기록을 남겨보았습니다.

집을 줄이는 이사를 했습니다. 더 큰 집이 아니었습니다. 주택 이층 전체를 쓰던 집에서 쓰리 룸에 신혼집 같은 부엌과 거실이 있는 집을 구했습니다. 중요한 것은 물건을 줄이는 것. 더 골라내고 골라낸 물건들은 살아남은 것들이었습니다. 거실은 책장과 책상 쇼파로 부엌은 우리 집 식구가 쓰는 식기만 남겼습니다. 아이들 방은 침대와 책상으로 안방도 침대와 화장대 옷장으로,

간소해졌습니다.

'돈의 속성'에서 보았던 담보 없는 집 구입을 목표로 집을 골랐습니다. 대출을 정리하고 남은 돈으로 장기투자를 시작했습니다. 부동산 공부 주식공부도 하고 있습니다. 집값의 절반을 대출을 내고 매월 갚아야 할 돈으로 사는 생활과 통장에 현금을 넣어놓고 쓰는 삶은 달랐습니다. 생활은 비슷하게 하는데 지출액이 줄어드는 경험을 했습니다. 신용카드로 사용하는 돈과, 현금을 사용하는 돈은 다른 돈이었습니다. 현금 10만원은 신용카드 10만원보다 훨씬 힘이 컸습니다.

흔히 말하는 성공은, 경제적 자유를 말하는 것이겠지요? 부자가 되려면 어떻게 돈을 버는지만 찾았습니다. 돈을 쓰는 것은 생각하지 않았습니다. 당연히 부자는 돈도 잘 쓴다고 생각했습니다. 많이 버는 사람이 부자가 아니라, 스스로 절제하는 사람이 부자가 된다는 것을 알게 되었습니다. '절제'라는 이 한 단어는 세상의 진리였습니다. 부자가 되기 위한 절제가 아니었습니다. 세상은 소비하게 만들어지지 않았습니다. 정약용선생님의 절제와 검소함이 그렇듯이 말입니다.

'돈은 소중히 여기는 사람에게 간다.'
'삼가고 삼가는 것이 성공의 길'
'만물을 소중하게 절제하라'
'세상 모든 것에 신이 깃들어 있다'

'음식이 운명을 좌우한다.'

– 절제의 성공학, 미즈코 남보쿠, 바람 –

오늘 하루를 돌아보았습니다. 식습관부터 보였습니다. 입에만 맛있는 음식을 먹고, 배가 부른데도 먹기를 놓지 못하고 있었습니다. '절제의 성공학' 도서를 읽고, 한동안은 음식 조절할 수 있었습니다. 잊어버릴만하면 또 읽어야 하는 책입니다. 가지고 있는 물건들도 보았습니다. 필요이상의 물건들이 보였습니다. 작은 돈을 쓸 때도, 꼭 사야하나 생각이 들었습니다.

책상 위에 항상 두고 읽어야 할 책으로 마음먹습니다. 읽고 또 읽으며, 일상을 절제의 삶으로 살고 싶습니다. 성공을 위해서가 아니라, 나 자신과 아이들을 위함입니다. 물질이 만능인 시대, 자본주의시대의 꽃은 소비입니다. 매일 생각지도 못한 것들이 쏟아져 나옵니다. 없어도 잘 살았지만, 새로운 문명을 알게 되면 돌아가지 못합니다.

문명의 발달과 기술의 발전이 좋은 것만은 아닙니다. '절제'라는 단어는 우리 사회에 어울리지 않습니다. 생산하고 소비하는 과정을 끊임없이 반복합니다. 절제하는 삶을 산다는 것은 또 그만큼 어렵습니다.

책을 보고, 배우면서 진리는 무엇인지? 어떻게 사는 것이 잘 사는 것인지? 의문을 갖고 있었습니다. 진리는 부끄러울 만큼 단순했습니다. 한 끼, 한 끼의 소중함이었고 만나는 사람들, 내 발앞에 떨어진 작은 쓰레기에 있다는 것입니다. 세상에 있는 모든 것에 신이 깃들어 있었습니다. 예사로 보이는 게 하나도 없습니다. 모든 것에 감사하고, 또 감사할 뿐입니다.

내려놓기를 연습하고, 또 배웠습니다. 욕망은 삶의 방식이 아닙니다. 가벼워지는 것, 비우는 것에서 또 다른 채움을 느끼게 되었습니다. 절제는 그만큼 강력한 하나의 단어였습니다.

9. 왓칭, 바라보기

아이들이 어릴 때 싸우는 것을 보면 화가 났습니다. 남편이 10시가 넘어도 귀가하지 않아도 화를 냈지요. 계속 화를 내고 있었습니다. 화가 나니, 화가 나는 대로 화를 냈습니다. 화에 휘둘리며 살았습니다. 아이들과 남편에게, 나에게 화를 내고 있었습니다. 돌이켜 보니, 긴 터널을 지나 왔습니다. 끝이 보이지 않은 긴 터널이었습니다.

'나는 왜 화가 나지? 무엇 때문이지?'
'내가 화를 내는 민감한 일들은 뭐지?'

화내는 감정은 순식간에 저를 휘감고, 어느 순간 사라집니다. 화를 내고 있는 스스로가 싫고, 몸과 마음이 힘들었습니다. 물론 옆에 있는 사람들도 마찬가지였겠지요. 화가 나는 이유에 대해서 생각해 보았습니다. 아이들이 싸우는 것, 남편의 늦은 귀가가 화나는 건, 걱정과 불안이었습니다. 좀 더 낳아가 마음속의 공포와 두려움이었습니다. 화가 나는 이유에 대해 알아채고 나니, 한결 좋아졌습니다.

'나는 두려워하고 있구나.'
'두려운 이유가 뭘까? 정말 두려운 걸까?'

'긍정을 바라보면 부정은 보이지 않는다.' 는 것을 직접 경험하기 시작했습니다. 그 상황을 제 3자의 입장에서 바라보는 것부터 시작했습니다.
'지금 내가 불안하구나. 두렵구나. 괜찮을 거야. 걱정하지 마'

알아차림은 효과가 있었습니다. 상황을 지켜보고, 화에 휘둘리지 않게 되었습니다. 화내지 않고 표현하기 시작했습니다.
"엄마 힘들어. 짜증나려고 해. 옐로우 카드 한 장!"
이렇게 말하고 나니, 아이들이 알아들었습니다.

늦은 귀가하는 남편을 기다리며, 화를 내는 것을 멈추었습니다.

'이 사람 늦게까지 고생하는구나.'

신뢰와 믿음으로 그 사람을 보기 시작했습니다. 불안과 두려움 대신 걱정하는 마음으로 표현했습니다. 깨닫고 나니, 그동안 왜 그렇게 두려워했는지 이상할 정도였습니다. 변한 것은 없었습니다. 감정을 바라보고, 다르게 생각하니 문제가 없었습니다. 왓칭은 기적과 같았습니다.

'그동안 내가 뭘 한 거지? 말을 못해 울면서 표현하는 아기처럼, 울듯이 화를 낸 것인가?'

어느 순간 또 화는 찾아옵니다. 화나는 것을 알아차리고, 이유를 생각합니다. 투덜투덜 거릴지라도, 화에 휘둘리지는 않게 되었습니다.

단순한 방법은 결코 쉽지 않았습니다. 있는 그대로 내 마음을 인정하고 표현해야 했습니다. 내가 두렵다는 것을 인정해야 했습니다. 생각과 기분을 말하는 것은 나를 살리는 길이었습니다. 다른 방법은 없었습니다. 화를 내지 않게 되자, 아이들이 바뀌기 시작했습니다. 도돌이표처럼 찾지 못했던 악순환의 고리를 끊기 시작했습니다. 그 시작은 엄마인 저부터였습니다.

"엄마, 오늘 외식하고 싶은데, 어때?"
"뭐가 먹고 싶은데?"

"샐러드 바 있는, 샤브샤브 집 가고 싶어"
"그래? 이왕 먹는 거, 지원이 먹고 싶은 거 먹으러 가자"

아이들도 저에게 말로 표현 해주었습니다. 원하는 것을 말해주니, 얼마나 감사한지요. 연년생 아들 둘이 친구가 되어 갔습니다. 한 번씩은 세상에 둘도 없는 절친 입니다. 여전히 토닥토닥 다투기도 하지만, 지금은 그 모습마저도 예쁘게 보입니다. 긴 터널에서 빛을 보고, 걸어 나왔습니다. 어떤 것이든, 내 마음을 인정하고 바라보는 것. 한 줄기 빛이었습니다.

'왓칭' 에서는 바라보는 것을 신이 부리는 요술이라고 말합니다. 마음의 존재에 대해 양자물리학에서 밝혀내고 있었습니다. 알아차리고 바라보면 사라진다는 것은 과학이었습니다.

'행복은 환경, 운, 머리가 아니라 상황을 바라보는 시각이 결정한다.'

제5장

엄마는 책으로 성장한다

1. 함께 하는 성장

운명처럼 전혀 생각지 않던 일을 할 때가 있습니다. 책 읽는 재미를 느끼고, 독서로 변하는 저를 느끼고 있었습니다. 어느 날 문득, 책을 읽다가 생각했습니다.

'독서모임을 가볼까'

독서 모임을 검색해서 카페에 가입했습니다. 토요일 아침 7시, 독서모임 시간에 참석했습니다. 결정하고 혼자 가기가 쉽지 않았을 텐데, 그 용기가 어디서 나왔나 싶기도 합니다. 뭔가에 홀린 듯 나를 끌어당기는 힘을 느꼈습니다.

어른이 되고 공부는 자유로움이었습니다. 읽고 싶은 것을 읽고, 배우고 싶은 것을 배우는 공부였습니다. 책을 통해 자유로운 공부를 함께 나눌 사람들을 만나는 설렘이 있었습니다.

'이런 곳이 있었네. 진작 올걸.'

인생에 터닝 포인트가 되는 순간이었습니다. 책을 읽는 다양한 분야의 사람들을 한자리에서 만날 수 있었습니다. 두려움은 설렘으로 변했습니다. 무엇보다 읽은 책을 다른 사람의 관점에서 알게 되었습니다. 완전 다른 시각으로 생각을 나누다 보면, 내 생각의 한계를 깨닫게 되었습니다.

각자의 배경과 상황에 따라 관심을 가지는 부분이 달랐고, 필요에 따라 포인트도 달랐습니다. 혼자 책을 읽었을 때 알지 못했던 풍성함을 느꼈습니다. '혼자읽기'에서 '함께 읽기'를 경험하게 되었습니다. '길 위의 인문학'을 실천하는 장이었습니다. 삶에 당당하게 자리한 토요일 아침 7시의 기적이 시작되었습니다.

다음해 독서모임에서 진행하는, 전국 독서모임에 참여했습니다. '단무지'라는 이름의 행사는 '단순하게, 무식하게, 지속적으로' 독서하는 2박 3일의 독서포럼이었습니다. 가족과 같이 갈 수 있다는 말에, 함께 갈 멤버를 고민했습니다.

'아이들만 데리고 갈까, 남편하고만 갈까, 혼자 갔다 올까? 다 같이 갈까?'

멤버를 구성하는 경우의 수는 여러 가지였지만, 결국 우리 가족 모두 다 같이 가는 것으로 결정했습니다. 남편에게는 이른 여름

휴가라고 말했습니다. 아이들에게는 2박 3일 중, 학교 하루 빠지고 여행 가는 것으로 말했지요. 혼자 가는 자유로움보다, 가족과 함께 하는 추억을 선택했습니다. 지금 생각하면 두 번 오기 힘든 기회였습니다. 남편과 아이들과 함께 다녀온 것은 신의 한수의 성공이었습니다.

"2박 3일, 여행 간다고 생각하고 가자. 강원도래. 호텔 숙소에 식사도 제공되고, 강의도 매일 있대. 애들한테 좋은 경험이 될거야. 언제 또 해 보겠어?"

전국에서 500명가량 모였습니다. 일 년 전의 일이지만 지금은 상상할 수 없는 일입니다. 코로나가 생기기 전 해였습니다. 규모와 행사의 스케줄에 눈이 휘둥그레 졌습니다. 책 읽는 사람들을 만나고, 준비된 강의를 들었습니다. 시간에 맞춰 밥 먹고, 자유시간도 즐겼습니다. 그때의 감격은 '고품격 인문학 여행' 으로 한줄 평을 남겼습니다. 작가님들의 직강을 들으며 강한 동기부여를 받았습니다. 전국에서 모인 사람들 중에 가족단위로 오신 분들과 함께 한 테이블에서 소통했습니다.

'책 읽는 사람들이 이렇게 많구나. 독서로 자기계발과 성장을 하려는 사람들이구나.'

같은 공간에 함께 있는 것만으로 에너지가 느껴졌습니다. 배우며 공부하는 삶, 지금 이 곳에 가족과 함께 있는 자체로 행복했습니다. 아이들과 이런 장소에 올 수 있었던 것은 독서모임에 참석하고, 단무지 행사에 참여하겠다는 선택뿐이었습니다. 사소해 보이는 선택들은 이곳으로 오게 했습니다. 독서모임과, 단무지 행사는 삶에 새로운 문을 열어주는 듯 했습니다. 어떤 경험보다 값진 경험으로 남아 있습니다.

전체 독서모임에서는 소모임 형태의 모임이 따로 있었습니다. 첫 해는 눈치만 보고, 전체 모임만 참석했습니다. 전체 모임에서 여러 사람들을 만나고, 선정된 도서를 잘 읽어 오는 것이 목표였습니다. 그 사이 안면을 트고, 반갑게 지내는 선배님이 계셨습니다. 첫 모임에서 옆 자리에 앉았고, 독서모임 멤버가 되었던 분이십니다. 운명 같은 만남이었습니다. 초심자의 행운처럼 그 분은 좋은 첫인상 갖게 해 주셨고, 두 번째 참석이 쉬웠습니다. 지금은 같이 글쓰기를 하는 좋은 인연이 되었습니다.

다음해 '철학하는 나비'에 들어갔습니다. 철학서를 읽고 싶은 마음에 용기를 내었습니다. 눈여겨보고 있던 멋진 작가 선배님이 리더로 진행하는 소그룹이었습니다. 서양 고전 철학서를 함께 읽었습니다. 그리스 로마신화와 일리아스, 오딧세이아를 함께 읽어 나갔습니다. 플라톤과 아리스토텔레스와 니체를 만났습니다. 혼자서는 절대 읽지 못할 독서의 큰 벽을 넘어가고 있었습니다.

제우스 신전의 신들의 대화처럼, 우리의 대화도 삶과 철학이 묻어나는 시간들이었습니다. 그렇게 또 한 번의 성장을 하고 있었습니다.

철학서는 그 자체로 인생의 거대한 질문에 대한 답이었습니다. 인간에 대한 이해와 성찰, 잘 사는 것과 행복에 대한 이야기였습니다. 철학서 읽기는 단지 철학으로 끝나지 않았고, 각자의 삶으로 끌어들이는 살아있는 철학을 위한 한 걸음이었습니다. 시대를 뛰어넘는 진리, 그때도 맞고 지금도 맞는 것을 찾았습니다.

결국 자기 자신으로 향하는 질문들, 내가 누구인지 알아가는 공부였습니다. 그렇게 철학서를 읽으며 우리가 가지고 있는 고민들이 비슷한 것을 보았고, 전혀 다른 생각도 보았습니다. 또 다른 질문을 가지게 했습니다. 그 질문들은 전과는 다른 새로운 질문들이었습니다.

함께 공부하고, 배우고 성장하며 스스로 단단해지고 있었습니다. 삶이 풍성했고, 행복으로 충만했습니다. 소통하며 누군가와 관계를 맺는다는 것은 인생 공부였습니다. 책으로만, 이론으로만 아는 것과는 달랐습니다. 다르다는 것을 알게 되었고, 내가 항상 옳은 것은 아니라는 깨달음이 있었습니다. 타인을 보고, 나를 바라볼 수 있었습니다. 함께 읽기는 관계를 통한 성장이었습니다.

2. '책 읽는 엄마'로 독서 환경 설정

'완벽한 공부법'의 저자 신영준(신박사)과 고영성작가의 강의를 눈앞에서 들은 적이 있습니다. 자녀 독서관련 강의였는데, 특유의 '뼈 때리는 강의'를 해주셨습니다. 부모가 책을 읽지 않으면서, 아이들에게 책 읽기를 강요하는 것은 '미친 거'라고 하셨습니다. 강의장 분위기가 무거웠습니다. 강의에 참석한 부모님들은 독서교육의 중요성을 아시는 분들일 것입니다. 책을 좋아하고 잘 읽는 아이를 바라지만, 부모들은 얼마나 읽고 있는지 묻고 있었습니다. 우리 아이들은 책을 제일 좋아하지는 않겠지만, 저는 책을 좋아합니다. 책 읽는 엄마는 아이들에게 책을 읽을 수 있게 해주는 환경이라는 것을 알게 되었습니다. 언제라도 책을 읽을 수 있는 환경을 설정해 놓은 것입니다. '책 읽는 엄마' 자체가 환정 설정이었습니다.

거실에 텔레비전을 두지 않습니다. 당당하게 차지하고 있던 텔레비전은 창고 방으로 옮겨졌습니다. 아이들이 집에 혼자 있는 시간 텔레비전은 큰 역할을 했습니다. 아이들끼리 시간을 보내며, 꼼짝하지 않고 있을 수 있었으니까요. 어느 날 문득 거실에 당당히 버티고 있는 텔레비전이 보기 싫어졌습니다. 당장 코드를 뽑았습니다. 거실 탁자에 책을 세팅해 올려두고, 인증 샷을 찍었습니다. 텔레비전 대신 책이었습니다. 그 날 집에 돌아온 남편과 아이들의 반응은 재밌었습니다.

"텔레비전 어디 갔지?"

엄마가 텔레비전을 어떻게 한 건지 궁금해 하며, 서운해 했습니다. 엄마의 일방적인 행동에 기꺼이 응해준 가족들에게 미안하고 고마운 마음이 다 있었습니다.

큰 아이가 3학년 때 휴대전화를 사주었습니다. 운동하는 학교로 전학을 가면서, 버스를 타고 학교를 다녔습니다. 엄마의 불안한 마음에 휴대폰을 덥석 지어주었습니다. 작은 아이도 다음해 가지게 되었습니다. 하루에 한 시간 내로 사용하는 것을 허락했습니다. 한 시간은 조금씩 늘어갔습니다.

지금의 아이들에게는 스마트폰 사용을 막을 수 없었다고 핑계를 대고 있었습니다. 또 어느 날 문득, 엄마는 '휴대폰 사용금지'를 선포했습니다. 처음에는 아이들이 쉽게 알겠다고 받아드렸습니다.

'엄마가 며칠 저러다 말겠지, 엄마도 불편 할 거니까'

아이들 마음이었나 봅니다. 독하게 마음먹고, 일주일이 지났습니다. 큰 아이는 끊임없이 설득하다, 화를 내기를 반복했습니다. 여러 가지 방법을 쓰면서 다시 되돌려 받으리라, 행동했습니다. 저 역시 끊임없이 이해시키며, 단호하게 버티었습니다. 한동안 잊고 있다가, 또 이야기를 하곤 했습니다. 그렇게 아이들은 휴대전화와의 아픈 이별을 경험했습니다. 지금은 정해진 시간 내에, 허용 해주고 있습니다. 휴대폰을 전면 차단했던 경험은 아이들에게 영향이 있었습니다.

'없어도 살 수 있다.'

텔레비전 없고, 핸드폰 사용이 제한된 집이 되었습니다. 아이들은 둘이서 놀기 시작했습니다. 보드게임, 바둑, 장기, 체스, 고무딱지치기, 팽이 배틀, 오늘의 놀이를 정했습니다. 승부욕은 타고 나는 것일까요? 오늘이 마지막 날 인 것처럼 이기려고 합니다. 말싸움이 되기도 하고, 한 명은 속상해서 울기도 합니다.

그 놀이의 과정도 관계의 연습이라 생각하며, 내버려 두었습니다. 그리고 아이들의 놀이는 두 세 시간씩 집중하는 놀이로 변해 갔습니다. 아웅다웅하면서 노는 소리는, 더없는 행복한 소리입니다. 엄마는 거실 책상에 앉아 책도 보고, 일정관리도 합니다. 이토록 달콤할 수가 없습니다.

'완벽한 오늘'의 마지막 휘날레를 치는 것입니다.

놀이가 끝나면, 잠들기 전까지 스스로 선택한 책 읽기 시간을 줍니다. 책을 보지 않겠다면, 불을 끄고 바로 자라고 하니, 꼭 책을 읽겠다고 하다라고요. 주로 만화 삼국지, 마법천자문, 후인물시리즈 등으로 만화책을 고릅니다. 만화책이면 어떤가요? 책은 책입니다. 그것도 스스로 선택한 자기 책. 아이들 손에 책을 놓지 않게 가는 것을 우선 목표로 삼았습니다.

도서관에서 빌려온 책을 슬쩍, 아이들한테 노출시켜주었습니다. '설민석의 한국사'는 도서관에서 빌려 읽으며, 역사에 대해 관심을 가졌습니다. 엄마가 권해주는 책도 있습니다. 다 읽고 원고지 한 장, 감상문 쓰기를 하면 보상을 해줍니다. 용돈으로 책한 권을 읽힐 수 있다면, 십 만원이라고 아깝겠습니까? 지금도 아이들과 밀땅(?)을 하며 책읽기에 보상을 주고 있습니다.

남편은 퇴근시간이 늦은 편입니다. 육아에서 아빠의 역할도 빼놓을 수 없습니다. 언젠가 남편에게 폭탄 같은 부탁을 했습니다.

"자기한테 큰 거 안 바래. 애들 잠들기 전에 30분이라도 함께 해줘. 사랑은 자기 시간을 투자 하는 거야. 하루 24시간 중에 딱 30분이야."

그래서였을까요? 남편은 늦은 귀가 후, 아이들의 잠자리를 봐주는 역할을 하게 되었습니다. 아빠와 본격적인 '아무말대잔치' 시간을 가졌습니다. 아빠냄새는 엄마냄새와 또 다름이겠지요. 잠자리에서 아이들의 웃음소리가 끊이지 않습니다. 북한 핵 문제, 우리 집 대출금, 집값, 생활비, 선거, 자기들 어릴 적 이야기, 엄마아빠 만난 이야기 등등 아이들은 모든 이야기가 궁금합니다. 엄마가 부족한 부분을 남편이 해주고 있음에 감사합니다. 말 잘 듣는 착한 남편입니다.

"엄마 무슨 책 봐?"
"지금하지 않으면 언제 하겠는가? 무슨 내용이야?"

아이들은 엄마가 무슨 책을 읽고 있는지 관심을 가졌습니다. 엄마가 읽는 책을 펼쳐서 보기도 했습니다. 초등학교 6학년 아이는 엄마가 읽는 자기 계발서에 관심을 가집니다. 얼마만큼 읽었다고 알려주고, 무슨 내용인지도 말해줍니다. 자연스럽게 책에 대해 대화를 하게 되었습니다. 엄마가 읽는 책을, 읽고 있다는 스스로의 당당함이 묻어납니다.

맹자의 어머니께서는 아들을 위해 집을 세 번이나 옮기셨다고 합니다. 아들에게 환경이 얼마나 중요한지 아셨겠지요. 이사를 하며 물리적인 환경을 만들어 준 것을 넘어, 맹자 어머니는 자신의 태도를 보여주셨습니다. 삶을 대하는 적극적인 자세, 어떤 상황에서도 스스로의 의지로 이겨나갈 수 있다는 것을 보여줍니다. 엄마가 만들어 주어야 하는 것은 환경이며, 보여주어야 하는 것은 엄마의 삶 그대로입니다.

아이들은 부모의 그림자를 보고 자란다고 합니다. 엄마는 아이들의 책 읽는 배경으로 존재해야 합니다. 엄마는 책읽기를 즐기며, 그냥 보여줄 뿐입니다. 더 이상은 바라지 않아도 됩니다. 척하는 것은 진짜가 아니라는 것을 알게 됩니다. 진짜이어야만 됩니다.

아이들은 엄마를 닮고 배웁니다. 책 읽는 아이로 키우고 싶다면, 엄마부터 독서를 즐겨야 합니다. 읽고 성장하는 모습을 아이들이 닮고 배우게 됩니다.

인생 가장 큰 무기를 아이들 손에 쥐어주세요. 독서는 풍족한 자유로움의 바다입니다. 엄마와 아이가 함께 누리는 '책 읽는 삶'을 응원합니다.

3. 아빠는 육아의 날개 달기

엄마도 엄마가 처음이라 아이와 같이 자라고 있지요. 아빠도 마찬가지였습니다. 신혼 초기에는 독박육아에 지쳐, 남편을 원망했습니다. 왜 육아는 엄마 몫인지, 아이를 낳기 전이나 남편의 삶은 큰 변화가 없어보였습니다. 저의 일상은 통째로 바뀌었고, 다른 세상에 살고 있었습니다.

'나만 왜 이렇게 희생해야 돼?'
'나는 이렇게 힘든데, 당신은 도대체 뭐야?'

아침에 출근해서 저녁에 퇴근하는 남편의 일상은 변함이 없었고, 귀가 후 집에 갓난아이가 생긴 것뿐이었습니다. 아기와 함께하는 하루에 저는 없었습니다. 아이의 하루는 잠깐 먹거나 깼다가, 또 잠을 잡니다. 아이와 같이 긴 낮잠을 자고 일어나, 베란다에서 해가 지는 모습을 보았습니다. 세상은 해가 뜨고 지고 있는데, 나는 지금 뭘 하는 건가 생각이 듭니다. 아이를 돌보고, 혼자 밥을 먹지만 남편은 들어오지 않습니다.

고미숙 작가님은 핵가족의 현상으로, 엄마들이 우울증에 걸릴 수밖에 없는 상황을 설명하십니다. 갓난아이에게 안전한 양육이 필요하듯, 산모였던 엄마에게도 보호가 필요합니다. 어른이라는 이유로, 엄마라는 이유로 인정받지 못했습니다. 식사를 챙겨주는 사람이 필요했고, 아이를 돌보는데도 혼자서는 무리였습니다. 우리 시대의 엄마들은 70년대와는 또 다른 형태로 힘든 여자의 삶을 살았습니다.

시대가 급변하면서 요즘은 아빠가 육아휴직을 쓰는 것이 당연시 되고 있습니다. 부부와 자녀로 이루어진 가정에서 엄마와 아빠의 역할은 많은 부분 동등해지고 있습니다. 그럼에도 육아는 쉽지 않습니다. 아빠가 이런 엄마를 이해했으면 좋겠습니다.

'여자니까 당연히 애 낳으면 키우는 거 아니야?'
'집에서 놀면서 애 보는 게 뭐가 힘들어? 먹고 노는데'

아직도 이런 생각을 하고 있는 아빠들이 있다면, 아이들의 아빠들인 그들에게 알려주고 싶습니다. 조금이라도 일찍 좋은 아빠, 좋은 남편이 되려는 마음이 있다면 꼭 기억했으면 좋겠습니다. 육아를 엄마 혼자 감당하는 것은 '8시간 직장생활에 야근까지 더해진 일보다 힘들다' 라는 것을요. 또 엄마도 누군가의 위로가 필요하다는 것을요. 휴식다운 휴식이 필요하고, 자신만의 시간도 필요합니다. 엄마이기 이전에 사람이기 때문입니다. 엄마에게 휴식과 자유는 새로운 활력이 되어, 아이들에게 돌아가게 됩니다.

말하고 걷고, 안정적인 애착을 형성하는 시기에 엄마 혼자 아등바등하지 않도록 해 주세요. 어떤 것보다 그것을 우선해야 합니다. 우선순위에 두고, 시간과 정성과 마음을 주셔야 합니다. 진정으로 내 아이, 아내를 사랑한다면요. 긴 터널을 지나 작은 빛을 보여 걸어 나왔습니다. 아직도 만나지 못한 터널이 있을 수도 있겠지만, 그 전과는 다른 것이겠지요.

남자 아이 둘은 엄마의 체력을 바닥내고도, 힘이 남아돌았습니다. 엄마의 약한 체력이 문제이기도 하겠지만, 아이들의 에너지는 생명의 에너지 그 자체였습니다. 아빠의 몫은 체력으로 놀아주는 것이었습니다. 축구, 야구, 배드민턴으로 같이 운동했습니다. 무엇보다 아이들이 좋아했습니다. 아이들이 좋아하는 놀이를 함께 함으로써 아빠의 자리를 찾아갔습니다.

"아빠 같이 축구 할래요?"
"아빠 같이 보드게임해요."

일찍 귀가한 날, 휴일 날에 남편은 아이들과 함께 하기를 기꺼이 해주었습니다. 아빠가 잘 할 수 있는 것으로 아들들과 함께 하는 것을 보았습니다. 아빠의 자리가 왜 중요한지, 아이들에게 왜 아빠가 필요한지 알게 되었습니다. 엄마가 해 줄 수 있는 것, 아빠가 해 줄 수 있는 것은 달랐습니다.

각자가 잘 하는 것을 하는 것이 첫 번째였습니다. 그리고 못하는 건 인정하고, 패스했습니다. 엄마도 못하는 걸 억지로 하는 건 모두에게 좋지 않았습니다. 혼자 하는 것과 엄마 아빠 둘이 하는 것은 다릅니다. 같이 하게 되면 훨씬 쉽게 할 수 있습니다.

'우리 각자 잘 하는 것만이라도 하자'

아이들에게 엄마의 칭찬과 격려가 필요하듯, 남편에게도 아내의 칭찬은 필요했습니다.

'애쓰고 있는 당신, 고마워, 잘하고 있어' 말로 표현하기는 아직 쑥스럽고, 어색합니다.
"오늘도 고생 했네."

직접적인 멘트가 아니라도 마음이 전해지는 멘트면 됩니다. 아내가 알고 있다는 것을 표현하는 것에 만족하는 듯 보입니다. 칭찬은 그 자체로 긍정적 보상입니다. '칭찬'을 좋아하고, 내가 힘든 거 누군가가 알아주길 바랍니다. 알아주는 것만으로도 기쁩니다. 엄마에게 휴식이 필요하듯, 아빠에게도 휴식은 필요합니다. 지치고 힘든 건 남자도 똑 같습니다. 남편의 컨디션을 고려

해 쉬게 해주는 센스가 아내에게 필요합니다. 재충전의 시간 없이 그냥 달리기만 하면, 곧 탈이 나게 되니까요. 그것까지 관리하는 것이 엄마의 역할입니다. 협조하고 도우면서 함께 키워가는 것이겠지요.

아무리 책이 좋다고 하지만, 책만 보는 바보가 되는 걸 바라지는 않습니다. 책이 멘토 같은 친구라면 좋겠습니다. 사람들을 만나고, 좋은 관계를 가지며 살아가는 아이였으면 좋겠습니다. 엄마도 좋은 관계를 가지고 있는 친구 같은 존재이고 싶습니다.

집에서 엄마, 아빠, 형제 관계를 통해 마음을 꽃피워 나가길 바랍니다. 가족구성원 일대일 관계의 소중함을 깨닫습니다. 시기적절하게 편을 바꿔가며 대등한 관계를 유지하려고 합니다. 부모라는 권위를 버리고, 친한 친구가 되어주고 싶습니다. 아직도 어려운 엄마 아빠가 가야할 길입니다.

4. 인문고전 독서, 이렇게 시작하자

좋은 책을 고르는 것도 쉽지 않았습니다. 베스트셀러와 추천도서, 유명한 작가의 책을 먼저 보게 되었습니다. 접하기 쉬운 책부터 읽다보니, 자연스럽게 좋아하는 스타일의 책들이 생깁니다. 자기계발서, 소설과 시, 인문고전독서로 책읽기는 변해갔습니다. 인문고전 도서에는 사건과 인물이 있습니다. 스토리를 통해 그 시대와 역사를 보게 됩니다. 고전은 '옛날의 의식이나 법칙, 오랫동안 많은 사람에게 널리 읽히고 모범이 될 만판 문학이나 예술 작품' 으로 사전에 나와 있습니다.

'기원전, 천년을 넘나드는 세월 속에 살아남아 전해오는 책은 어떤 책인가?'

'인류의 발전과 성장, 변화에도 오늘날까지 읽히는 이유는 무엇일까?'

'고전이라 일컬어지는 책들은 왜 고전이 되었을까?'

옛날이나 지금이나 사람들이 생각하고 느끼는 것들이 크게 다르지 않다는 것을 알았습니다. 원시 시절에도 먹고 사는 것이 중요했고, 가족과 우정이 존재했습니다. 자연 속에서 생존을 위해 싸웠고, 아군과 적군을 구별 지었습니다.

지금 우리에게도 인류 조상의 유전자가 남아있습니다. 시간과 공간이 확장되는 순간을 느낍니다. 시공간을 초월하는 만남입니다. 100년의 삶은 순간의 찰나 같습니다. 지금 여기 공간은 지구별 어디든 연결되어 있습니다. 시야가 확장되는 경험을 하는 것, 인문독서라고 생각합니다. 불변하는 삶의 진리와 깨달음에 눈을 떴습니다.

오늘 하루 웃고, 우는 삶을 돌아보았습니다. 죽을 만큼 힘든 일도, 난리가 날만큼 대단한 일도 없었습니다. 연약한 내 마음에 책 한 구절은 위안이고, 사랑이었습니다. 지혜의 바다였으며, 삶의 길잡이가 되어 주었습니다. 상처 받고 넘어져도, 금방 일어나는 사람이 되었습니다. 오늘 화나고 슬픈 일, 내일까지 가지고 가지 않습니다. 인정하고 받아드리는 것, 책은 그 길을 끊임없이 보여주었습니다.

'나는 어떻게 살 것인가?'
'나에게 중요한 가치는 무엇인가?'

'또 나는 어떻게 죽고 싶은가?'

나의 오늘은 읽지 않았던 어제와는 다른 존재입니다. 같은 실수를 반복하지 않는 것은 배움이었고, 마음의 변화는 행동으로 나타났습니다. 지금도 어제와 다를 뿐, 무언가 '되어가고 있는' 중입니다.

고전 독서라고 다르지 않고, 특별할 것도 없습니다. 소설책 읽듯이, 자기계발서 읽듯이 똑 같습니다. 한 페이지가 쉽게 넘어가지 않는 경험을 했습니다. 한 문장, 한 구절이 뼈에 박히는 느낌을 받았습니다. 그런 문장을 찾으면, 기쁨으로 충만한 마음이 듭니다. 깨달음의 순간은 아찔합니다.

인생의 문장을 만나면, 책에 줄을 긋고 적어두기도 했습니다. 읽고, 적어보면 그 문장이 오롯이 내 것이 되었습니다. 책 속의 보석을 나만의 상자에 넣어두는 것입니다. 좋은 것은 계속 하고 싶어지니, 좋은 책은 재독도 하게 되었습니다. 가까이 두고, 여러 번 읽고 싶은 책이 생겼습니다.

인문독서는 삶의 방법을 알려주는 실행서가 아니었습니다. 사람의 마음을 움직이고, 생각을 바꾸게 하는 근본적인 변화를 가져왔습니다. 읽어도 변하지 않는다면, 읽지 않은 것과 다름없겠지요. 실용서는 쉽고도 편한 길을 안내 해 주지만, 내 마음이 움직이지 않은 이상 그것은 제 것이 되지 않았습니다. 감동에 찬

깊은 깨달음은 나를 변화시켰고, 그것만이 진짜였습니다.

책 읽기를 생색내듯 하지 않고, 좋아하게 되었습니다. 내가 아는 것 나눠주고 싶어졌습니다. 아직도 모르는 것이 얼마일지, 가름 하기 어렵습니다. 지금도 방황하고 해매고 있습니다. 어리석은 나를 돌아보고, 반성합니다. 공부는 계속 될 뿐, 끝이 없습니다.

철없는 엄마의 인문독서는 그렇게 성장하고 있습니다. 삶의 가치를 알아가고, 지혜를 얻고 있습니다. 생각의 변화는 마음을 움직이는 힘이 있습니다. 엄마는 행동으로 삶으로 철들고 있습니다. 때 쓰며 욕심 부리고, 질투하며 미워하는 마음을 내려놓습니다. 이해하고 인정하며, 사랑하며 받아드립니다.

엄마 인문독서는 엄마인 저 자신을 살리고, 가족을 살리고 있었습니다. 행복한 나와 가족을, 세상에 보여주었습니다. 엄마부터 인문독서로 용기 있게 시작하시길 응원합니다.

5. 공부하는 엄마

때 이른 여름 날씨에 시원한 팥빙수가 생각나는 계절이었습니다. 학교 수업을 마치고 돌아온 작은 아이와 집근처 커피숍으로 향했습니다. 시원한 팥빙수를 핑계로 책을 한권씩 챙겨들었네요. 아이도 흔쾌히 자기 책을 골라 넣었습니다. 달달한 빙수의 맛은 아이의 눈빛으로 알 수 있었네요. 어른들이 '자식 먹는 거만 봐도 배부르다'는 말을 알 것 같습니다. 표정으로 맛있다고 말해주니, 엄마는 절로 웃음이 납니다. 뚝딱 한 그릇을 다 비우고, 책을 보았습니다.

"엄마, 가사 있는 노래 나온다."
책 읽기가 집중되지 않는다는 말입니다.

나른한 오후, 커피숍은 손님이 없이 한가롭습니다. 음악도 느린 오후의 느낌으로 감미롭습니다. 아이는 몇 페이지 넘기는 듯하더니, 옆으로 눕습니다. 책을 꼭 안고, 잠이 들었네요. 빈 팥빙수 그릇을 앞에 놓고, 잠든 모습은 혼자 보기 아까웠습니다. 소파에 누워서 자는 아이는 평온해 보였습니다. 잠든 아이를 앞에 두고, 엄마는 알찬 독서시간을 가졌네요. 그 순간은 더 바랄게 없었습니다. 행복의 순간, 그 찰나를 오래 기억하고 싶습니다. 아이들이 우리 엄마에 대해 소개를 할 경우가 있습니다.

'우리 엄마는 책을 좋아해요'

아이들이 자라면서 책을 읽게 되었고, 엄마의 모습은 책을 좋아하는 엄마로 불리게 되었습니다. 책 읽는 엄마로 불리는 것은 요리 잘하는 엄마, 돈 잘 버는 엄마만큼이나 좋습니다. 책 읽는 엄마를 통해, 책 읽는 아이들이 된다면 더 바랄 것이 없을 듯합니다.

"엄마, 이번 주 독서모임 책 다 읽었어?"
한 주씩 빡독(빡세게 독서)을 하는 모습을 보고, 아이들은 묻습니다.

"아니, 아직 이만큼이나 남았어. 일찍 자고 내일 새벽에 일어나서 읽어야겠어."

엄마도 아이들처럼 숙제도 있고, 읽어야 할 책도 있다는 것을 알게 됩니다. 공부를 해야 하는 입장의 동질감을 엄마한테서 느끼기도 하나 봅니다. 은근히 아직 다 안했냐고, 확인하는 그 느낌은.

"엄마, 책 택배 왔어, 다 엄마 책이야?"
"엄마는 한 달에 책값이랑, 강의 듣는 것만해도 백만 원은 될꺼 같해."

큰 아이는 엄마가 책을 사고, 수업을 들으며 지출하는 돈이 한 달에 백만 원은 될 거라고 말합니다. 은근히 돈을 많이 쓴다는 뜻 같기도 하고, 엄마 꺼만 산다는 뜻 같기도 합니다. 백만 원까지는 아니겠지만, 적지 않은 돈을 쓰고 있는 건 사실입니다.

"엄마 책사고 강의 듣는거, 열심히 공부하는거야."

그나마 이렇게 말해주는 남편은 제 편 같아 감사하답니다. 독서 모임 도서 읽기, 유튜브 강의 듣기, 새로운 것을 배웁니다. 책으로 자기계발하고, 변화와 성장을 키워드로 살고 있습니다. 책이 일주일에 두 번도 배달되어 옵니다. 공부를 하다 보니, 좋은 책을 만나면 바로 갖고 싶어집니다. 엄마는 책을 가까이 하고, 새로운 것을 배우는데 두려움이 없습니다. 엄마의 모습을 통해 아이들도 책을 좋아하고, 어떤 배움에도 두려움 없는 아이들이 되었으면 합니다.

'엄마도 하는데, 너희들은 무엇이든 못할까? 다 해 봐, 다 가능

해.'

보여주는 삶으로 아이들의 오늘을 응원합니다.

올해는 새벽기상을 시작했습니다. 단체 톡방에서 함께 하는 분들이 계셨기에 시작할 수 있었습니다. 새벽 6시 기상은 미뤄둔 숙제 같은 것이었습니다. 해야 하는데 하지 못했던 것, 운명처럼 시작하게 되었습니다. '함께 하기'의 힘으로 아침기상과 아침 독서 백일을 넘겼습니다. 새로운 저를 만나게 되는 경험을 했습니다. 없었던 시간을 가진 기분, 하지 못했던 것을 해내는 기쁨은 자기만족으로 스스로에 대한 믿음을 가지게 했습니다.

"엄마 오늘도 아침독서 했어? 아직 실패 한 번도 안 한거야?"

그렇게 새벽기상과 아침독서를 인정하는 동안, 가족들이 알아주기 시작했습니다. 엄마가 아침에 일어나 책을 읽고 있는 모습을 덤덤히 지켜보았습니다. 어쩌다 못 일어나고 있으면, 남편은 일어나서 기상인증 하라고 깨워줍니다. 그렇게 아침독서는 미라클모닝이었습니다. 큰 아이는 아침 근력운동을 시작했습니다.

매일하는 아침 운동은 아이에게 '매일 나는 한다'. 라는 긍정적인 메시지를 주는 듯 보였습니다. 매일 아침 할 수 있다는 것을 스스로 아는 것, 그것이 기적이었습니다. 아이는 거실에서 책보는 엄마를 보며, 등교를 합니다. 남편은 책보는 아내를 보며 출근을 합니다.

"엄마, 학교 갔다 올게."
"갔다 올게."
"잘 다녀와."

짧은 아침 인사에 하루를 시작하는 활기가 느껴집니다. 오늘 하루도 파이팅, 서로를 응원해주는 아침이 되었습니다. 미라클 모닝, 아침기상 아침독서의 기적입니다. 공부하는 엄마, 이보다 좋을 순 없습니다. 책을 가까이 하고, 배움을 놓지 않는 엄마의 모습을 보여주고 싶습니다. 엄마의 삶으로 보여주는 것, 엄마가 할 수 있는 최고의 선물이 아닐까 합니다.

공부를 하다 보니, 마음이 편안해졌습니다. 여유로워지고, 나와 다른 것들에 대해 이해할 수 있는 눈이 생겼습니다. 변화와 성장은 한 세트로 나가왔습니다. 새로운 것에 도전하는 엄마의 삶을 보여주게 되었습니다. 아이들은 친구처럼, 동료처럼 엄마를 응원합니다. 긍정적 지지는 엄마에게도 힘을 주는 에너지가 되었습니다.

6. 무엇이든 선택하는 용기

아이 둘을 낳고 키우면서, 어린이집 교사생활을 했습니다. 어린이집을 운영해보고 싶은 꿈을 꾸게 되었습니다. 어린이집 교사 경력은 10년 정도 되었고, 큰 아이가 7살 무렵이었네요. 나만의 교육 철학으로 운영해 보는 것, 그동안 해왔던 경험을 통한 성과라 생각했습니다. 큰 아이가 학교를 가게 되면, 아이를 조금은 자유롭게 봐줄 수 있다는 생각도 있었습니다. 7년 동안 어린이집을 운영하면서, 운영자의 역할을 해보았습니다. 초임 원장의 어리석고 무지한 단계를 거쳐, 조금씩 노련해지는 원장으로 커갔습니다. 그 동안 큰 아이는 13살이 되었네요.

어린이집을 개원할 당시, 시립어린이집에 교사로 있었습니다. 일도 어렵지 않았고, 월급도 경력이 있어 꽤 많았습니다. 엄마 직업으로 출퇴근 일정하고, 안정적인 직장이었습니다. 왜 그랬는지 정확히는 알 수 없었지만, 지금 생각해보면 변화와 성장이 없는 일상을 넘어서는 과정이었습니다.

개원을 하고 첫해는 교사보다 월급이 적었고, 교사들과의 마찰도 있었습니다. 교사와 운영자는 또 다른 입장 차이가 있었고, 좋은 리더가 되기에는 여러모로 부족했습니다. 아픈 만큼 성숙한다고 했습니다. 몸과 마음이 힘든 시기를 지났고, 그 과정은 성장의 다른 이름이었습니다. 교사로만 있었다면 배울 수 없는 인생의 경험은, 또 다른 삶으로 나아가고 있었습니다.

그리고 7년 만에 어린이집 원장님이라는 타이틀을 내려놓았습니다. 동료 원장님들은 결정을 듣고, 놀라워했습니다. 무엇인가를 시작하는 것보다, 그만두는 것이 더 어렵다는 걸 아시기 때문입니다. 시작하는 용기가 필요했듯이, 그만두는 용기도 필요했습니다.

변화를 감당 할 용기, 내려놓을 용기이기도 했습니다. '원장님'이라는 불리는 달콤한 타이틀도, 리더의 자리도 내려놓았습니다. 내려놓은 작은 용기는 자유로움을 주었습니다. 원장님이라는 왕관을 쓰면서 견뎌야 했던 무게였습니다. 몸과 마음이 가벼워졌습니다.

삶은 계속 변하고 있었습니다. 책을 읽고 변화와 성장을 꿈꾸는 저에게, 그 자리에 머물게 하지 않았습니다. 기꺼이 박차고 나오도록 이끌어 준 용기는 책이었습니다.

'어떻게 살래? 뭐하고 살래?'

내가 좋아하는 나의 삶을 살고 싶게 해주었습니다. 그런 저에게 신은 안내판을 세워두듯, 사람들을 보내주셨습니다. 책으로 아이들과 수업하는 선생님들을 만나게 되었습니다. 지금껏 봐왔던 아기들이 아닌, 교복을 입고 학교를 다니는 아이들 옆에 서 계신 선생님이 부러웠습니다. 좋은 책으로 가르침과 배움을 나눌 수 있다는 건, 또 하나의 로망이 되었습니다.

그러게 부러워하며, 독서수업 선생님이 되었습니다. 처음부터 다시 시작하는 새로운 선생님의 이름이었습니다. 큰 아이들에게 맞는 수업준비가 필요했고, 아들의 특성과 수준을 파악해야 했습니다. 독서수업은 처음 하는 선생님이라 매일 아이들에게 배우고 있습니다. 저의 성장이 우리 집 아들 둘이었듯, 선생님으로의 성장도 수업하는 아이들 덕분에 가능했습니다.

독서수업은 시간 가는 줄 모르게 재밌습니다. 가르치는 저는 언제나 그렇습니다. 수업준비를 하며 공부하는 것도 즐겁고, 아이들과 책에 대해 이야기 하고 글쓰기를 하는 것도 좋습니다. 수업은 아이들의 생각과 이야기를 듣는 시간이었습니다. 책으로 만나는 인문학적 독서토론 모임이었습니다.

그 아이들의 생각을 듣는 것은 흥미롭고 유쾌했습니다. 어떤 이야기도 할 수 있었습니다. 지극히 사적이고 개인적인 이야기도 가능하게 했습니다.

초등학교 4학년이던 아이가 호소하는 글쓰기 수업을 할 때였습니다. 자연스럽게 자기의 경험을 떠올려 이야기를 했습니다. 여러 가족들과 캠핑을 가서, 신나게 놀고 있는데 엄마가 공부를 하라고 했다고 합니다. 눈이 동그래져서 어떻게 그럴 수가 있냐고 하소연 하였습니다.

캠핑장에서 친구들과 놀고 있는데 분위기가 다 깨졌다는 것이었습니다. 아이의 입장이 충분히 이해되었습니다. 어머니의 입장도 조금은 이해를 합니다. 수업이 끝나고 이 이야기를 어머니께 해드려야 하나, 잠시 고민했습니다. 하지만 수업이 끝나고 나가는 아이를 보며 저는 한순간 멍해졌습니다.

"엄마, 수업 끝났어."

어느 때보다 밝고 명랑하며 애교스러운 목소리였습니다. 엄마에 대한 속상함과 원망스러움은 수업시간에 이야기 하고, 글쓰기 한 것으로 끝을 냈던 것입니다.

'내가 할 것은 그냥 들어주는 것이구나.'

웃지 않을 수 없었습니다. 우리는 분명 소통했고, 공감했습니다. 그리고 그 사건은 더 이상 사건이 아니었습니다.

중학교 2학년 남자 아이는 수업교재 내용보다, 학교이야기 친구 이야기 가족이야기 나누기를 좋아합니다. 대화를 나누는 어른 친구가 되어 들어주고, 물어보고 저의 이야기도 해줍니다. 수업 보다 훨씬 재밌습니다. 그런 시간은 아이들과 책으로 독서토론 을 하는 것만큼 가치 있는 시간이었습니다. 학업에 친구문제에 사춘기의 한 가운데를 지나고 있는 아이들의 마음을 안아주고 싶었습니다.

"괜찮아. 너 이제 열다섯 살이야. 시험 한 번 망친 거 아무것도 아니야."

얼마나 위로가 되었을지는 알 수 없지만, 진심이었습니다. 조금 먼저 살아본 선배로서 아이들에게 응원의 메시지를 주고 싶었 습니다. 그리고 자기가 하고 싶은 것이 무엇인지 찾아가고, 무엇 을 좋아하는지도 알기 위해 여러 가지 경험을 해보라고 말해주 었습니다. 당장 공부와 시험성적만이 눈앞에 있는 아이들에게 넓은 세상이 있다는 것을 알려주고 싶었습니다. 책을 이해하고, 글쓰기 방법을 배우는 것보다 중요한 것이 있었습니다. 아이들 의 말을 들어줄 선생님이 되었고, 위로와 격려와 칭찬을 해주는 어른이 되어 주었습니다.

책을 통해 변화와 성장을 멈추지 않는 엄마로, 무엇이든 선택하 는 용기를 가진 엄마로, 엄마의 삶을 살아내고 싶습니다. 엄마는 어린이집 원장님이었고, 독서수업 교사였고, 글을 쓰는 작가를 꿈꾸고 있습니다. 엄마의 공부와 배움은 매일 새롭게 태어나고 있습니다. 틀린 것도, 잘못된 것도 없는 삶은 선택의 연속입니다. 배움의 과정입니다. 아이들의 삶도 그렇기를 응원합니다.

"하고 싶은 거 다 해봐"

7. 이미 받은 모든 것에 감사

'감사'의 반대말은 '당연함'이라고 합니다. 세상에 당연한 것이 있을까요? 지금 나에게 있는 모든 것에 당연한 것은 없었습니다. 아이들의 사소한 행동에 쉽게 화내고, 남편에게 요구하기만 했습니다. 내가 원하는 대로, 더 잘 해 달라 요구하기만 했습니다. 화를 내고 있는 스스로가 미웠습니다. 그 굴레에서 쉽게 나올 수 없었습니다. 수없이 깨지면서 벗어나고 싶었습니다. 책은 처음에 이런 제 마음을 위로해 주었습니다. '괜찮아, 사는 게 다 그래'

"엄마는 책이 재미있어? 엄마는 책이 재미있는 특별한 재주를 가졌어."

재주 없는 엄마는 아이의 말을 통해, 재주가 생겼습니다. 아이덕분에 생긴 재주에 기분이 좋습니다.

"지원이는 엄마를 기분 좋게 하는 재주를 가졌네."
"엄마는 칭찬하는 재주를 가졌네."

엄마가 졌습니다. 아이의 예쁜 순발력에 흐뭇합니다.

"엄마, 오늘 수업 잘 했어?"
"어 잘 하고 왔어."

엄마의 일과를 궁금해 합니다. 아이의 관심과 사랑이 느껴집니다.

위안의 책은 마음의 문을 열어주었고, 지금 상황을 다른 눈으로 보게 했습니다. 모든 것이 내가 마음먹기에 따라 달라진다는 것, 받아드리는 내 마음이 다였습니다. 아이들은 엄마에게 더 봐달라는 신호로, 엄마에게 원하는 것을 표현했습니다. 아이들의 마음을 알아주고, 이해해주었습니다. 행동 너머의 마음을 보는 눈이 생기기 시작했습니다. 동생과 싸우는 이유도, 욕심 부리고 고집부리는 마음도 알게 되었습니다. 알게 되고 이해하게 되자, 상황은 전혀 다르게 보였습니다. 그렇게 변화는 시작되었습니다.

아이들은 완벽했습니다. 자기의 감정에 솔직했고, 사랑으로 가득한 아이들이었습니다. 무엇보다 엄마를 사랑했습니다. 본능보다 강한 우주의 기운으로 사랑해주고 있었습니다. 사랑받을 용기를 내며, 아이들을 바라보았습니다. 엄마도 아이들에게 매일 배우며, 사랑하게 되었습니다.

감사함은 책을 읽는 사람에서 책을 쓰는 사람이 되고 싶은 마음을 갖게 했습니다. 엄마의 반성문이 아닌 엄마의 행복과 사랑을 쓰고 싶어졌습니다. 엄마의 글쓰기는 청소년시절 온갖 고민과 질문 쓰기부터였습니다. 학교생활, 친구문제, 가족이야기들로 머리가 복잡했고 항상 고민을 가진 시절을 보냈습니다.

누구에게도 이야기할 수 없는 것을 일기를 쓰면서 성장했습니다. 대학시절에는 몇 가지 키워드만으로 시험지 뒷장까지 쓰는 글쓰기로 평점 4점 이상을 받았습니다. 대학 형 시험은 여러모로 유리했습니다.

남편과 소개팅으로 만나면서 사귀는 건지 아닌지 모르는 시기, 편지 두 장을 보냈습니다. 나름 몇 번의 수정 본이었습니다. 우리의 관계에 대해, 의미를 묻는 내용이었습니다. 보통 이런 편지는 남자들이 쓰나요? 답장은 받지 못했지만, 그 편지를 계기로 나름 공식적인 연인 관계가 되었습니다.

첫 아이를 가졌을 때 태교 일기를 쓰고, 아이를 낳고 키우면서 반성문 같은 육아 일기를 썼습니다. 엄마의 글쓰기는 매 순간 좋은 만남으로 이어지고 있었습니다. 글을 쓴다는 것은 나를 알아가는 최고의 방법이었고, 다른 사람을 이해하는 최고의 방법이기도 했습니다.

엄마부터 인문독서가 엄마 반성문이 아닌, 엄마의 기쁨과 행복에 관한 이야기였으면 좋겠습니다. 그럼에도 불구하고 엄마는 책으로 위로받고 성장했고, 잘 이겨나가고 있다고 말해주고 싶습니다.

아직 어린 아이를 키우고 있는 모든 엄마들에게 응원의 메시지를 주기 위한 글이기를 바랍니다. 그 방법은 삶의 진리를 알게 해주는 인문독서를 통한 깨우침이었습니다. 인생은 정답도 없고, 공짜도 없는 것이었습니다. 자기만의 가치를 발견하고 스스로의 가치를 인정했으면 좋겠습니다.

이미 받은 모든 것에 감사했습니다. 오늘 하루 내 삶은 기적처럼 빛나고 있었습니다. 사랑하는 가족과 스치듯 만나는 이웃과, 만남을 통한 모든 것들이 기적처럼 다가왔습니다. 세상은 아름답고, 사랑이 가득했습니다.

마치는 글

아픈 몸과 아픈 마음을 가진 엄마였습니다. 아이들은 같이 놀자고 왔습니다. 건강한 몸과 온전한 마음으로 같이 놀자고. 엄마는 책을 선택했습니다. 세상을 다르게 보기 시작했습니다. 함께 신나게 놀기 위해 책 속의 지혜를 온몸으로 받아들였습니다. 아이들의 눈으로 바꿨습니다. 단단한 엄마, 긍정적이고 감사하는 엄마가 되기 시작했습니다.

배우 손예진과 현빈이 나오는 '사랑의 불시착'을 아이들과 재밌게 봤습니다. 드라마는 끝났지만, 지금도 유튜브를 통해서 즐겨 보고 있습니다. 큰 아이는 드라마 속의 북한 군인들과 현빈의 말을 흉내 내기를 좋아합니다. 특유의 억양으로 드라마 속 대사를 일상에서 툭툭 씁니다. 그때 마다 저는 빵빵 터지게 웃습니다. 재밌습니다.

'그래, 같이 놀자. 세상 소풍 나온 것처럼 신나게 놀아보자.'

육아에 지쳐 힘든 엄마들에게, 더 좋은 엄마가 되고 싶은 엄마들에게 전해드립니다. 첫째, '기꺼이 책 읽는 엄마를 선택하라.' 책은 언제나 옳습니다. 아이들만 읽는 책이 아닙니다. 진정한 공부, 아이를 낳고 엄마가 되고 시작합니다. 아이들은 부모의 뒷모습을 보고 자랍니다.

공부하는 엄마는 아이들에게 그 자체로 환경 설정입니다. 책 읽는 엄마를 아이들은 기억하고 있습니다. 언제라도 엄마처럼 책을 붙잡게 될 것입니다. 삶이 힘든 때일 수도 있고, 성장을 위해서일 수도 있습니다. 그것은 아이의 몫으로 남겨둡니다. 그저 엄마의 최애가 독서라는 것을 보여줍니다. 책을 좋아하는 엄마, 설레고 기뻐하는 모습이면 됩니다.

둘째, '엄마이기 이전에 자기 자신이다.' 나 자신보다 소중한 아이일 수 있습니다. 먼저 나 자신부터입니다. 엄마가 먼저입니다. 엄마 스스로 자신을 사랑하는 엄마여야 합니다. 스스로를 사랑하고 계신가요? 나를 사랑하는 방법, 명품백보다 고전 책이었습니다.

눈물로 치유하고, 마음을 흔들어 놓았습니다. 그 설레임은 자신을 사랑하게 했습니다. 사랑이 채워진 엄마는 사랑할 수 있습니다. 너그럽고 여유를 가지게 됩니다. 이해하고 존중하고 배려할 수 있습니다. 아이들이 진짜 원하는 것도 엄마가 엄마 자신을 사랑하라고 가르쳤습니다. 자신과 다른 사람을 용서하는 법을 알려주었습니다. 엄마의 정신적인 성장의 에너지는 아이들에게 파장이 되어 번져갔습니다.

셋째, '함께 행복하라.' 행복한 엄마는 행복한 가정을 만들 수 있습니다. 행복은 함께 할 때 가능합니다. 기쁨과 슬픔을 함께 나누는 것이 행복입니다. 언제나 꽃길만 걷는 것이 행복이 아닙니다. 무엇이든 함께 하는 것이 행복입니다. 행복한 가정은 아이들의 학교생활에서의 행복으로 이어집니다. 친구들을 소중하게 생각합니다. 남편의 직장생활도 행복으로 이어집니다. 엄마의 독서모임도 행복을 나누는 장소가 됩니다. 함께, 함께 행복하세요.

글을 쓰면서 일상의 순간들을 붙잡게 되었습니다. 사소한 일들에 의미를 주니, 삶이 풍성해졌습니다. 오늘 하루 사람들과의 만남에서, 보고 들었던 모든 것들이 소중했습니다. 세상에 대한 이해와 나의 발견이었습니다.

'나는 뭐가 되고 싶은가?'
'내가 원하는 삶은 어떤 것일까?'

여러 이름으로 불리겠지만, 확실하게 가져가고 싶은 것은 배움을 놓지 않는 공부입니다. 읽고 쓰는 공부를 통해 세상과 나를 알아가고 싶습니다. 책 쓰기를 하겠다는 선전포고를 한지 일 년이 되었습니다. 스스로 작아지는 경험으로 멈췄을 때마다 일으켜 세워준 가족이 있었습니다. 엄마의 책 쓰기를 응원하는 아이들이 있었고, 책이 나오는 것을 의심하지 않는 남편이 있었습니다.

엄마에게 시간을 주었습니다. 책 읽고 공부할 수 있는 시간, 책 쓰기를 할 수 있는 시간, 사색할 수 있는 시간을 주었습니다. 무엇보다 중요한 시간을 준 가족들이었습니다. 어느 작가의 말처럼 책은 오래 앉아 있는 시간으로, 엉덩이로 쓰여 졌습니다.

"엄마, 내 이야기 많이 나와? 어떤 이야기 썼어?"
"박 선생, 책은 언제 나오는 거야?"
"베스트셀러 작가 돼서 유명해지는 거 아니야?"

그들의 한마디는 내가 책을 쓰는 이유가 되었고, 끝까지 해내는 힘이 되었습니다. 엄마의 반성문 같은 글은 가족들에게 보내는 감사의 편지입니다. 가족이라는 이름으로 단짝이 되어준 사람과 저에게 와준 아이들, 이들과 함께 행복하게 살아가는 것이 꿈입니다. 어떤 것도 받아주고, 이해해주고 인정해주는 가족. 그래서 저는 세상을 다 가진 사람입니다.